LES C[illegible] MA MÈRE L'OYE

法國經典
童話故事

鵝媽媽故事集
開啟兒童文學先河作品

Charles Perrault

夏爾・佩羅 | 著

邱瑞鑾 | 譯

Arthur Rackham
亞瑟・拉克姆
/
William Heath Robinson
威廉・希斯・羅賓遜
/
Harry Clarke
哈利・克拉克
| 繪

目錄

從前的從前……有一本童話書

在如今家喻戶曉的《格林童話》出現的一百多年前，夏爾．佩羅（Charles Perrault）的《附道德訓誡的過往故事；又名鵝媽媽故事集》（*Histoires ou contes du temps passé, avec des moralité/Les Contes de ma mère l'Oye*，一六九七年，以下簡稱為鵝媽媽故事集）便已問世。書中有包括八篇童話故事及三篇散文詩，而其中的〈小紅帽〉、〈灰姑娘〉、〈睡美人〉、〈藍鬍子〉等童話故事至今仍耳熟能詳。

這部作品對後世童話故事的流行帶來了極大影響，也可說是兒童文學的濫觴。但佩羅的這些故事在當時並非只是為了孩子而寫，也是寫給參加沙龍的貴族太太小姐們讀的。我們目前讀到的大多是已經改變或簡化的故事版本，在佩羅的版本裡，〈睡美人〉王子並沒有親吻公主，公主醒來後也沒有直接跳轉到幸福快樂的日子，而是還有後續的考驗；〈小紅帽〉的結尾沒有好心的獵人來救援。不僅如此，每篇童話故事後都還附上與天真故事內容調性不同、略帶嘲諷與深意的「寓意」。

佩羅究竟是怎麼寫下《鵝媽媽故事集》，這部作品又為何能流傳到全歐洲，數百年間多次再版，我們得先來認識佩羅這個人。

夏爾．佩羅與「古今之爭」

夏爾．佩羅是十七世紀的詩人，也是作家，但其實他做最久的工作是財政大臣科爾貝爾（Jean-Baptiste Colbert）的秘書，就是現在的公務員。

科爾貝爾是法國國王路易十四最重要的大臣之一，好大喜功的路易十四在位期間，擴建了華麗的凡爾賽宮，多次跨國征戰，這些都多虧了殷實的經濟基礎與稅收，也可想而知科爾貝爾是多麼的重要，而他手下的佩羅得有多忙碌了。

佩羅出身富裕的中產家庭，從小便接受良好的教育，跟隨父兄的腳步讀了法律。

成為政務官後，科爾貝爾讓他負責路易十四的藝術與文學政策，佩羅也參與了科學院的建造與繪畫學院的重建。後來還進入法國最富盛名的法蘭西學術院（Académie française）。

佩羅在文學界佔據一席之地，甚至參與了十七世紀法國的「古今之爭」（querelle des Anciens et des Modernes），後來更成為現代派的領袖。

自十五世紀文藝復興時期，人文主義者發起了恢復古希臘羅馬的語言、文學、思想、價值的運動，文人都尊崇古代文化價值。但到了十七世紀，這個想法開始受到挑戰，以佩羅為首的現代派認為，當代的作品沒有比較差勁，不必獨尊荷馬、柏拉圖。況且在路易十四統治下，文化、科學都有長足進步，古代可沒有伽利略或牛頓，現代人當然更進步。這些論點都激怒了包含布瓦洛（Nicolas Boileau-Despréaux）、拉辛（Jean-Baptiste Racine）等人的古代派，此後論爭不斷，兩派僵持不下。後來更為了公共建設上的銘文要刻法文還是拉丁文，爆發激烈爭吵。

在大臣科爾貝爾去世後，佩羅也隨之退休。退休後，他收集了數則民間傳奇，改寫整理成了《鵝媽媽故事集》。身為前政務官、法蘭西學術院院士，為何會在晚年突然轉向，寫一些民間小故事？其實這樣的改寫，很可能是他對「古今之爭」的回應。身為現代派領袖，他始終想證明文學的現代化更勝一籌。

誕生自沙龍的童話故事

路易十四的在位期間，法國國力鼎盛，對外，文化、軍事影響遍及全歐；對內，為了中央集權，路易十四擴建凡爾賽宮後，令貴族、大臣們進駐。

路易十四明白藝術文化能彰顯他身為君主的榮光，藝術成就也代表了國家的榮耀與尊嚴，他提倡舞蹈、藝術等，貴族們自然跟隨國王心之所向。

當時，上層社會也盛行沙龍，通常由女性主導，邀請各界人士來談論文學，對象不限於貴族或學者。而童話故事，就是當時沙龍間相當流行的一種體裁。

退休的佩羅修剪民間故事，並以精緻的語言改寫，符合當時的沙龍文學

（préciosité），讓貴族太太小姐們讀起來更親切，更容易進入故事中。

此外，佩羅更在這些輕鬆有趣不粗鄙的故事後，加上了「寓意」。仔細看會發現，這些寓意多少帶了點嘲諷或是警告，更加表明這些故事並非是寫給兒童看的。

比如〈小紅帽〉的故事中，小紅帽和奶奶最後都被大野狼吃了。最後的寓意如下：

有些狼迷人而機靈，
他不作聲、不乖戾、不暴怒，
他親切、殷勤、溫和，
他會跟著年輕小姐，
來到屋裡、來到街巷；
可是啊，沒有人知道這些溫和的狼，
是所有狼中最危險的。

這裡明白指出，請年輕小姐們對看起來溫和無害的男性，千萬不要失去警惕。或是在〈仙女〉的故事裡，小女兒因為幫助了仙女而得到祝福，只要開口說話就會口吐寶石或花朵，最後被王子帶回王宮裡。在故事的結尾是這樣說的：

王子因此愛上她，他心想她這個天賦比許多嫁妝還要有價值。他把小女孩帶回他父王的王宮，娶了她為妻。

很明顯王子的愛都來自小女兒口吐的珍珠與寶石，但寓意卻是這樣說的：

鑽石和金幣
能給人強烈印象，
然而溫柔的話語

卻更有力量，而且更有價值。

佩羅這裡委婉地再次強調，有限的鑽石和金幣怎麼抵得過只要一開口就滔滔不絕的寶石與珍珠呢？

很快地，佩羅這些有趣的「大人」童話故事席捲了沙龍裡貴族女性的心，不僅在巴黎或法國，這些童話更隨著太陽王路易十四的強勢文化輸出，而流傳到全歐洲，學習法國宮廷禮儀、講法文在當時各國的上層社會可說是蔚為風潮。

或許連佩羅也沒想到，這些簡短精煉的小故事完成了他對文學現代化的想望，更超出預期的流傳到全世界，並在所有孩子心裡扎下了根。

（漫遊者文化編輯部）

林中睡美人

LA BELLE AU BOIS DORMANT

從前的從前，有個國王和王后，他們很難過自己沒有孩子，難過得不知道怎麼說才好。他們到世界各地的溫泉[1]去，而且禱告、朝聖、崇拜聖人什麼該做的都做了，卻還是沒效果。不過王后最後終於懷了孕，生下一個女兒。

國王為她舉辦了一場盛大的洗禮，從全國各地請來了所有的仙女來當小公主的教母，好讓每位仙女為小公主獻上祝福，這樣公主就能擁有世上所有一切想像不到的美善。（當時全國總共有七位仙女，她們照慣例會為初生的嬰兒獻上祝福。）

洗禮完成後，所有的賓客都到城堡裡來，國王為仙女在城堡裡舉辦盛宴。僕役在每位仙女面前擺上精美的餐具，有金子做成的湯匙、叉子和刀子，上面還鑲著鑽石和紅寶石；餐具都套著純金做的套子。

在大家落坐的時候，忽見一位沒人邀請的老仙女走進來；她沒被邀請，是因為她已經五十多年沒離開塔樓，大家以為她死了或是中了妖術。國王請僕役給她一套

1 在這裡，溫泉被認為是有利於求子嗣。

餐具，但是沒有辦法給她像其他仙女一樣的純金餐具套，因為國王只請人為七位仙女做了七個餐具套。老仙女以為大家看不起她，嘴裡咕噥著幾句要對大家不利的話。

一位年輕的仙女正好坐在她旁邊，聽見了她這些話，她心想老仙女可能會給小公主帶來詛咒，於是在大家離開座位時，跑去躲在掛毯後面，以便最後一個獻上祝福，好盡量修補老仙女帶來的禍害。

這時候仙女們紛紛為小公主獻上祝福。最年輕的仙女祝福公主將會是世界上最美麗的人，第二個仙女祝福公主會像天使一樣有智慧，第三個仙女祝福公主所做的一切都優雅迷人，第四個祝福她跳舞跳得美妙極了，第五個祝福她唱起歌來像夜鶯，第六個祝福她能完美地彈奏各種樂器。這時輪到了老仙女，她晃著腦袋帶著怨恨地說，公主的手會被紡錘扎破，因此而死去。這個可怕的詛咒讓宮中所有的人都發起抖來，沒有一個人不哭出聲。

這時候年輕的仙女從壁毯後面走出來，她大聲說：

「國王、王后，放心吧，你們的女兒不會死。雖然我沒有足夠的法力完全解除老仙女的詛咒，但是我可以補救。公主會被紡錘扎到手，但她不會死去，她只會沉睡上一百年。一百年後會有個王子讓她醒過來。」

國王為了避免老仙女的詛咒成真，立刻下了一道命令，命令全國的人都不准紡紗，家裡也不准有紡錘，違者處以死刑。

十五、六年後，當國王和王后出遊到行宮去時，小公主有一天在城堡裡跑來跑去，從一個房間跑到另一個房間，甚至跑到了城堡主塔上，走進一間陰暗的小閣樓。在閣樓裡，有個老婦人獨自在紡紗。這位老婦人從來沒聽說過國王下令禁止紡紗。

公主問：「老婆婆，你在做什麼呢？」

不認識公主的老婦人回答：「可愛的孩子，我在紡紗。」

公主又說：「啊！好有意思啊，你是怎麼紡紗的？讓我試試，看我能不能做得和你一樣。」

她一拿起紡錘，就因為太過淘氣，又有點不小心，而扎破了手，她立刻陷入昏迷——仙女的詛咒就是這麼下的。

國王立刻下了一道命令。

局促不安的老婦人喊救命，四面八方湧來了人，有人在公主臉上潑水，有人解開公主胸衣上的束帶，有人打她的手，有人在她太陽穴上抹了匈牙利王后的神水，但什麼辦法都沒能讓她醒過來。

聽到消息後趕回來的國王想到了仙女的預言，他認為這件事必得發生，因為仙女早就這麼說過了。於是國王把公主放在城堡最美麗的一間寢宮裡，讓她睡在用金線、銀線繡成的床上。她看起來簡直像是個天使，美麗非凡，即使陷入昏迷她臉上並沒有失去鮮嫩的顏色，她的臉頰是豔紅的，她的嘴唇像珊瑚。公主雖然閉著眼睛，不過聽得到她微微的呼吸聲，看得出來她並沒有死去。國王命令大家讓公主好好睡，直到她醒來的日子到臨。

在公主發生意外的時候，那位讓公主沉睡一百年、救了公主一命的仙女正在離這裡有一萬兩千里的瑪塔甘王國裡。不過立刻就有一位穿著七里靴的小矮人向她通報了消息（有了七里靴就能讓人一步走七里遠）。仙女即刻啟程，一個小時後她就駕著由幾隻飛龍拉著、噴著火的車子來到。在她走下車子時，國王伸手攙扶她。

一位穿著七里靴的小矮人。

她很贊同國王為公主所做的一切，不過因為她預見了未來，所以她想到等公主醒過來時，獨自一人處在這古老的城堡裡會很難堪。她就用她的仙女棒點了點所有在城堡裡的人（除了國王和王后），包括女管家、貼身侍女、寢宮侍女、貴族、餐桌僕役、總管、廚師、廚房小學徒、廚房小廝、守衛、門房、侍從、僕人，她也點了點在馬廄裡所有的馬，以及馬夫、城堡院子裡的守衛犬，還有公主的小母狗蠢蠢；蠢蠢就在公主的床上陪著她。仙女一點了這些人和動物，他們就全都睡去，不過到時候他們也會和公主一起醒來，好在公主有需要的時候服侍她。就連火爐上串著松雞和山雞的烤肉杆都睡著了，爐裡的火焰也沉沉睡去。仙女沒花多少時間，一下子就把這件事辦成了。

全都沉沉睡去。

這時國王和王后吻了吻他們醒不過來的親愛孩子，就從城堡裡走出來，然後發布了一道不准任何人靠近城堡的命令。這道命令其實不必要，因為不到十五分鐘的時間城堡周圍就長出了許多大樹和小樹，長出了荊棘和有刺的植物，它們盤結交錯在一起，不管是動物或是人都進不去裡面；這樣大家只能看到城堡塔樓的高處，而且還得離得遠遠的才看得到。大家都相信這是因為仙女又施了魔法，好讓公主在沉睡時不用擔心有好奇的人來打擾。

＊ ＊ ＊

一百年後，有另一個和沉睡的公主不同的家族統治著國家，這國王有個兒子。這位王子來到古老的城堡附近打獵，他看見濃密樹林內有塔樓，就問起了這塔樓的事。大家根據自己所聽說的回答他。有人說這古老的城堡裡有鬼魂出沒，還有人說境內所有的仙女都會在這裡辦巫靈夜會。最普遍的說法是，那裡頭住著一個食人妖

國王的兒子到古老城堡附近打獵。

魔，他會把抓到的孩子帶到城堡裡，從從容容吃掉他們；而且這食人妖魔是唯一能夠穿過樹林的，別人都無法跟蹤他。王子不知道該相信哪種說法才好，這時候來了個老農夫，他對王子說：

「王子殿下，我五十幾年前就聽見有人對我父親說，這城堡裡有個世上最美麗的公主，她必須沉睡一百年，直到有一天有位王子讓她醒過來，她就會嫁給這位王子。」

年輕的王子聽了這番話，全身熱火。他一點也不躊躇，他相信自己會讓美麗的公主醒過來，在愛情與榮譽心的驅使下，他決定立刻去看看。他一往樹林裡走去，所有的大樹、荊棘、有刺的植物就分開來，讓他通過。他看見在一條大路的盡頭有座城堡，他就往大路走去，但讓他吃驚的是，他發現他的隨從全沒跟上來，因為他一走過，大樹又都盤結起來。他繼續往前走。熱情的年輕王子總是勇敢的。他走進大前院，他看到的一切是可能讓他感到害怕的。

一切靜得嚇人，到處都呈現出死亡的景象，到處都有看起來像是死了的人和動

他們全都睡著。

物躺在地上。不過王子看到了幾位門房紅潤的臉頰和長滿粉刺的鼻頭，就知道他們只是睡著而已，而這些人手中的高腳杯仍然殘留幾滴葡萄酒，顯然他們是在喝酒時睡著的。王子經過了鋪著大理石的一座大庭院，登上階梯，走進大廳，看見排排站好的衛兵肩上扛著槍，發出宏亮的打呼聲。他經過了好幾間房間，看見裡面滿是貴族、貴婦，或站或坐，全都沉沉睡去。

最後他走進一間金碧輝煌的房間，看見一張床上，床幃敞開，一幅王子從沒見過的美麗景象就展現在他眼前。原來他看見了一位約莫十五、六歲的公主，她光彩動人，又帶點出塵的氣質。滿心傾慕的王子發著抖靠近她，在她身邊跪下來。這時候，公主所受的詛咒已經期滿，她便醒了過來。她極其溫柔地看著王子，說：

「是你嗎？我的王子？」她對王子說：「你一定等很久了。」

這番話深深迷住他，再加上她說話時優雅的態度，王子一時不知道該怎麼表達他的歡喜與感激之情。他向公主保證，他愛她甚於愛自己。他雖然有些語無倫次，但公主為此更加開心。即使缺乏口才，卻充滿了濃濃愛意。王子顯然比公主更加不安，這倒是一點也不奇怪，因為公主有許多時間去想她要對他說的話，好心的仙女讓公主在長長的睡眠中做了無數個美妙的夢（雖然歷史記載並沒有提到）。總之，他們足足談了四個小時的天，但是他們想對對方說的話還說不到一半呢。

這時候整個城堡裡的人都隨著公主醒了過來。每個人都想著要完成自己的工作，而且因為他們並沒有在談戀愛，所以他們肚子都快餓扁了。服侍公主的侍女也像其他人一樣匆忙，她耐不住性子，大聲地對公主說：吃飯的時間到了。

王子扶著公主從床上起身。公主已經穿好了衣服，她看起來光豔照人。不過，王子沒告訴公主她的衣著樣式像是他老祖母時代的。即使她穿著已經過時的高高衣領，一點也沒減損她的美貌。他們走進一間裝滿鏡子的大廳，在那裡用晚餐，一旁有公主的僕役服侍。小提琴和雙簧管精采絕倫地演奏著古老的曲子，雖然這些曲子已經有一百年的時間沒人演奏了。在用過晚餐以後，神父一點時間都不浪費地在城堡的教堂裡為他們主持了婚禮。侍女為他們拉上了床幃。他們睡得不多，因為公主並不需要再睡。

王子第二天一早就離開公主，回到他的王國。王子的父親很擔心他的去向。王子告訴父王，他打獵時在森林裡迷了路，他晚上在一位煤炭商的小屋過夜，煤炭商讓他吃了黑麵包和乳酪。國王心思單純就相信了王子的話，但是王后並不相信王子的話。她看王子幾乎每天都跑去打獵，有時還兩三個晚上在外面過夜（雖然他都有藉口開脫自己不回家的理由），她心想王子一定是墜入了情網。王子和公主一起生活了兩年整，還生下了兩個孩子。頭胎生的是個女兒，取名為晨曦，第二胎是個兒子，取名為白晝，因為他長得比姊姊更俊美。

王后屢屢要王子對她坦白，告訴他該對生活知足，但王子始終不敢對她說明自己的祕密。王子雖然愛她，但也很怕她，因為她是食人妖魔的後裔。國王娶她為妻，是為了她的財富。在宮廷裡，人人都低聲議論王后仍保有吃人的癖好。每當她看見小孩路過，她都要非常克制自己，才不會忍不住撲向他們。也就因為這樣，王子不想對她吐實。

不過兩年後，國王死了，王子登上了王位，這時他才公開了自己的婚姻狀況。

他舉辦盛大的儀式將他的公主接回城堡裡，兩個孩子陪在公主的身邊，風風光光地進入王城。

不久，國王去和鄰國康塔拉彼特大帝打仗。他把王國交給他的母后掌理，並請她照顧自己的妻子和孩子。國王整個夏天都必須上戰場，而他一離開，母后就將她的媳婦和孫子送到森林裡的一間農舍去，以便更輕易滿足自己可怕的慾望。幾天後，老王后到農舍去，一天晚上她對農舍主人說：

「我明天晚餐要吃小晨曦。」

農舍主人說：「天啊，王后！」

老王后以一種想要吃新鮮人肉的食人妖魔的腔調說：「我要吃掉她，而且我要配上芥末洋蔥醬。」

可憐的農舍主人很清楚他不該欺騙食人妖魔，便拿起一把大刀，上樓來到小晨曦的房間。這時候小晨曦才四歲，她又跳又笑地抱住農舍主人的脖子，問他要糖果吃。農舍主人忍不住哭起來，大刀從他手中掉落在地，他跑到院子裡宰了一頭小羔羊，並且用最好的醬汁調味，老王后品嘗以後表示她從未吃過這麼好吃的東西。農舍主人同時帶走了小晨曦，把她交給他妻子，請妻子將小晨曦藏在院子深處的一間小屋裡。過了八天，壞心腸的老王后又對農舍主人說。

「我晚餐想吃小白晝。」農舍主人不發一語，他決定和上次一樣欺騙她。他去找小白晝，看見他手裡拿著一柄小劍，正和一頭大猴子練劍法。小白晝這時候只有三歲。農舍主人將他帶去給他妻子，把他和小晨曦藏在一起。農舍主人用一隻鮮嫩的小山羊代替小白晝，煮給老王后吃。老王后這個食人妖魔覺得美味極了。

事情到此為止進行得非常順利，不過有一天晚上壞心腸的老王后又對農舍主人說：

「我想要吃掉王后，還要配上和她孩子一樣的醬汁。」可憐的農舍主人很絕望，他擔心自己再也騙不過老王后。

如果不把她沉睡的一百年計算在內，年輕的王后現在只有二十歲。她雖然仍漂亮、白晰，但她的皮已經有點老了、硬了。他該怎麼在他的院子裡找到像她一樣肉質堅硬的動物呢？農舍主人為了救自己的性命，他決定殺了年輕的王后。他走進她的房間，決心一舉完成任務。他心中激動不已，提著大刀走進了年輕王后的房間。他一點也不想嚇到王后，便以敬重的態度一五一十地對她說明他是奉老王后之命行事。

年輕的王后伸出脖子，對他說：「做你該做的事吧！你既然奉命行事，那就動手吧！這樣我就能再見到我所愛的兩個孩子。」原來自從孩子無預警地被帶走後，王后以為他們已經死了。

可憐的農舍主人心一軟，就對王后說：「不，不，王后，你不會死的。你會再見到你兩個親愛的孩子的，因為我把你的孩子藏在我家裡。我會用一隻年輕的母鹿來取代你，欺騙老王后。」

他把王后帶到家中，讓她和兩個孩子親親擁擁，自己也陪著他們一起哭。他烹煮了一隻母鹿，讓老王后在晚餐時吃。老王后胃口大開，以為自己吃的是年輕王后。她很滿意自己的殘酷行為。她打算等國王打仗回來以後對他說，是殘暴的狼群吃掉了他的王后和他兩個孩子。

有一天晚上，老王后如常地在城堡的院子裡盤桓，嗅一嗅是不是有新鮮的肉。她忽然在一間小廳堂裡聽見小白晝的哭聲。原來年輕的王后因為小白晝不乖而想要鞭打他。她還聽見了小晨曦為弟弟懇求寬恕的聲音。老王后這個食人妖魔認出了王后與孩子的聲音，她意識到自己受了騙而大發雷霆。

第二天一早，她用一種任誰聽了都會顫抖的聲調下命令，要人搬來一個大桶子放在院子裡，桶子裡滿滿地裝進癩蝦蟆、各式各樣的毒蛇，以便把王后、兩個孩子、農舍主人、他妻子和他女傭通通丟進桶子裡。她還命令人把他們的手反綁起來。

他們一行人被帶到了院子裡，行刑者正要把他們丟進桶子時，國王突然騎著馬進入了院子。誰也沒想到他會這麼早回來。國王看見這可怕的景象，不禁驚駭地問道這是怎麼回事。沒有人敢回他的話。老王后這個食人妖魔見事態不妙，便頭先腳後地投入桶子裡，不一會兒就被她命令人放進去的癩蝦蟆、毒蛇給咬死了。國王一見，心裡很是難過，畢竟她是他的母后，不過他很快地就從他美麗的妻子和他孩子的身上得到安慰。

寓 MORALITÉ 意

花一點時間等待一個富有、
帥氣、會獻殷勤又溫柔的丈夫
是件很自然的事。
但是等上一百年，足足沉睡一百年，
我們再也找不到任何女人，
能睡得如此沉靜。

這個故事似乎想讓我們瞭解，
往往婚姻這個愉悅的許諾，
久久等待並不會讓人比較不幸福，
在等待中我們並無損失。
但是熱情無比的女人
嚮往有誓約的婚姻，
我既無力也無心
向她宣導這個道德訓誡。

小紅帽

LE PETIT CHAPERON ROUGE

小紅帽

從前的從前，村子裡有個小女孩，她是世界上最可愛的小女孩，她媽媽非常疼愛她，她祖母對她更是寵愛有加。祖母請人為小女孩做了一件有紅色帽子的斗蓬，她穿起這件斗蓬很是好看，所以不管她走到哪兒，大家都叫她小紅帽。

有一天小女孩的媽媽做了一些麵包和煎餅，她對小女孩說：

「聽說祖母生病了，你去探訪她，看她好不好。把煎餅和這一小罐奶油帶去給她吧。」小紅帽立刻啟程到祖母家去，祖母就住在另外一個村子裡。

在經過森林時，小紅帽遇見了一隻大野狼。大野狼很想吃了小紅帽，但牠不敢輕舉妄動，因為森林裡有幾位樵夫在伐木。大野狼問小紅帽要上哪兒去。小紅帽不知道大野狼很危險，便停下來聽牠說話，還回答牠：

「我要去探望祖母，還要把媽媽交代的煎餅和一小罐奶油帶去給她。」

大野狼問：「祖母住得很遠嗎？」

小紅帽回答：「是啊，她住得很遠。她住在比你看到的那邊的磨坊還要遠的地方，進村子的第一間房子就是。」

她遇見了一隻大野狼。

大野狼說：「嗯，那好，我也要去看看她。我從這條路走，你從那條路走，我們看誰先到祖母家。」

大野狼走的這條路是捷徑，牠全力在路上奔馳。小紅帽走的是一條最遠的路，她在路上還忙著撿堅果、追蝴蝶，還採了小花做成花束。

大野狼很快就到了祖母家。牠敲敲門，叩叩叩。

「是誰啊？」

大野狼假裝小女孩的聲音，說：「我是小紅帽，你的孫女。我帶了媽媽交代的煎餅和一小罐奶油來給你。」

身體有點不舒服而躺在床上的祖母對著外面喊著說：

「拉開栓子，門閂就會開了。」大野狼拉開栓子，門就打了開來。牠撲向祖母，一下子就吃掉她，因為牠已經超過三天沒吃東西了。然後牠把門關起來，躺在祖母的床上，等著小紅帽上門。不久，小紅帽來敲門，叩叩叩。

「是誰啊？」

採了小花做成花束。

小紅帽聽見大野狼粗粗的嗓子先是心生畏懼，但她想是祖母感冒了，所以聲音才變得這麼沙啞。她回答：

「我是小紅帽，你的孫女。我帶了媽媽交代的煎餅和一小罐奶油來給你。」

大野狼把聲音裝得柔和一點，對她喊著說：

「拉開栓子，門閂就會開了。」

小紅帽拉開栓子，門就打了開來。大野狼在床上見她走進來，就用被子蒙著頭，說：

「把煎餅和那一小罐奶油放在大木箱上。你到床上來陪我躺躺吧。」

小紅帽脫下身上的斗蓬，爬到床上去，她看見祖母穿著睡衣的模樣，大吃了一驚。她說：

「祖母，你的手臂真粗啊！」

「孩子，這樣我才能好好抱抱你。」

「祖母，你的大腿好粗啊！」

「你到床上來陪我躺躺吧。」

「孩子，這樣才跑得快啊。」

「祖母，你的耳朵好大啊！」

「孩子，這樣才聽得清楚啊。」

「祖母，你的眼睛好大啊！」

「孩子，這樣才看得清楚啊。」

「祖母，你的牙齒也好大啊！」

「這樣我才能吃掉你。」

大野狼說了這話，便撲向小紅帽，一口吃了她。

寓意 MORALITÉ

從這裡我們可以看到小孩子，
尤其是美麗、健康、和善的小女孩，
她們聽信人們的各種説法是件壞事。
而且這事情一點也不奇怪，
世上有這麼多會吃小孩子的狼，
我説狼，是因為所有的狼
並不全都是一樣，
有些狼迷人而機靈，
他不作聲、不乖戾、不暴怒，
他親切、殷勤、溫和，
他會跟著年輕小姐，
來到屋裡、來到街巷；
可是啊，沒有人知道這些溫和的狼，
是所有狼中最危險的。

藍鬍子

LA BARBE BLEÜE

藍鬍子

從前的從前，有個男人他在城裡、在鄉下都有好幾棟美麗的房子，他還有金銀餐具、繡了花的家具，和幾輛鍍金的馬車。但是不幸的是，這個男人留了一把藍色的鬍子。這讓他看起來很醜、很嚇人，女人、女孩見了他都想逃。

他有個鄰居是個身份尊貴的貴族夫人，她有兩個長得非常漂亮的女兒。他向貴族夫人表示要娶她女兒為妻，不過他讓貴族夫人決定要將哪個女兒嫁給他。但這兩個女兒都不願意做他的妻子，互相推來推去，誰也不想有個藍鬍子的男人當丈夫。更讓她們反感的是，藍鬍子娶過好幾個妻子，卻沒人知道他這些妻子後來怎麼了。

藍鬍子為了讓彼此有進一步的瞭解，便邀請了這對姊妹，和她們的母親、她們的三四位好友，以及村子裡的幾位年輕人到他鄉間的一棟房子去，整整住了八天。在那裡，他們成天只是散步、打獵、釣魚，成天只是跳舞、辦宴會、吃吃喝喝。他們一個個都不睡覺，整夜玩樂。總之，一切都好極了。

妹妹開始覺得男主人的鬍子沒那麼藍了，而且覺得他其實是一位文質彬彬的紳士。他們一回到城裡，妹妹便嫁給了藍鬍子。一個月後，藍鬍子對他妻子說，他必須到外省去一趟，去辦一件重要的事，至少要離開六個星期。他請她在他不在家時自己找消遣，說她可以請幾位朋友來，如果她願意的話也可以請朋友到鄉下去玩，還有不管到哪兒，她都可以好好享受盛宴。

他對她說：「這把是那兩間收藏用不著的家具的大庫房的鑰匙，這把是收藏著不是每天用得著的金銀餐具的房間的鑰匙，這把是收藏著我的金幣、銀幣的保險箱的鑰匙，這把是收藏著珠寶的小匣子的鑰匙，還有這一把萬能鑰匙，它能打開所有房間的門。

至於這把小鑰匙，它是一樓走道盡頭那間私人書房的鑰匙。不管哪一扇門你都可以開，到處都可以進去，但是只有那間私人書房我不准你進去。如果你開了那間書房的門，你一定少不了要看我大發雷霆。」

她答應一定會嚴格遵守他的吩咐。他和她吻別後，就登上馬車出發了。她的鄰居和朋友不等她來找他們，就跑到她家去，他們迫不及待想看看她家的財富，她丈夫在家時，他們根本不敢上門來，因為他們都怕他的藍鬍子。他們立刻參觀了所有的房間、所有的書房、所有的衣櫃，看見東西一件比一件美麗、豪奢。接著他們又上樓參觀了收藏家具的大庫房，不住地讚嘆又多樣又好看的壁毯、床、沙發床、珍品收藏櫃、獨腳小圓桌、桌子，和從頭照到腳的穿衣鏡，這些穿衣鏡的鏡框有些是玻璃的，有些鑲著銀邊、金邊，一件比一件更華麗，都是世上罕見之物。他們非常艷羨他們這位朋友過得這麼幸福。

但女主人的心思根本沒放在這些豐富美好的物品上，她一心只想到一樓的私人書房一探究竟。她在好奇心的驅使下，急急丟下她的朋友，根本不顧這麼做是不是不禮貌。她從一只隱匿的小樓梯走下樓，因為走得太急，有三兩次差點摔斷自己的脖子。到了私人書房的門口，她停下腳步，猶豫了一會兒。她想到丈夫的禁令，不知道自己如果違背他的禁令，會遭遇到什麼惡果。但誘惑實在太大了，她抗拒不了。

於是她拿出那把小鑰匙，發著抖打開私人書房的門。因為書房裡窗扉緊閉，起先她什麼都看不見。不一會兒，她漸漸看見了地板上沾滿了凝固的血跡，血跡映照出好幾個女人的死屍，一一掛在牆上。這些女人全是藍鬍子娶來的妻子，她們一個一個被他殺害。她嚇死了，在她從鎖孔裡抽出小鑰匙時，鑰匙不小心從她手中掉落。她稍微鎮靜了自己的心神，撿起鑰匙，關上門，回到自己房間，好讓自己心情平復下來；但她做不到，她實在是太激動了。

她注意到書房的小鑰匙上沾了血，便再三試著擦掉它，卻怎麼也擦不掉。她把鑰匙拿到水底下沖洗，還用細沙和摻著細沙的黏土用力搓磨，但血還是擦不掉。不管用什麼辦法都無法完全把血跡抹去，這邊洗乾淨了，血跡卻又會出現在另一邊。

藍鬍子當天晚上就會回來了，因為他在半路收到了信，說他要前去辦理的大事已經圓滿完成。他妻子盡可能表現得自己很高興看到他這麼早回家。第二天，他問她要鑰匙，她把鑰匙都給了他，但是她的手不住地發抖，他馬上就猜到了發生什麼事。

他對她說：「那把小鑰匙怎麼沒和其他鑰匙一起還回來？」

她回答：「我大概是把它放在樓上我的桌子上。」

藍鬍子說：「別忘了要立刻還給我。」

她推托了幾次之後，最後還是不得不把小鑰匙交給他。藍鬍子查看了這把鑰匙，對他妻子說：

「這鑰匙上怎麼會有血？」

「我不知道。」這可憐的女人臉色如死人般蒼白的回答他。

藍鬍子接口說：「你不知道，但我心裡可清楚呢。你進了那間私人書房！那麼好吧，你就進去吧，就在你看見的那些女人旁邊找個位置吧。」

她撲倒在她丈夫腳前，哭著請求他原諒，說她會真心悔改，再也不敢不聽他的話了。美麗又悲痛的她所說的這番話連大岩石都會為之柔軟。但藍鬍子的心比大岩

她再三試著擦掉它。

姊姊安娜

石還堅硬。

他對她說：「你必得死，而且現在就得死。」

她眼裡噙著淚水看著他，說：「既然必得死，那請給我一點時間向上帝祈禱。」

藍鬍子回答：「好，我給你半刻鐘，但多一會兒都不行。」

她在一人獨處時，叫來了她姊姊，對她說：

「安娜（這是她姊姊的名字），我的姊姊，請你上樓來，到塔樓的高處來，來看看哥哥來了沒有。他們答應了今天來看我，如果你看見他們，請他們快快趕來。」

姊姊安娜來到塔樓的高處，可憐的妹妹時不時對她喊著說：

「安娜，我的姊姊安娜，你看到有人來了嗎？」

姊姊安娜回答她：「我只看到陽光灑著金粉、草地綠油油。」

這時候藍鬍子手裡拿著一把大刀，大聲對他妻子咆哮：

「你快下來，不然我上去了。」

他妻子回答：「拜託拜託，再一會兒就好。」她接著又低聲對姊姊說：

他高舉大刀，作勢要砍下她的頭。

「安娜，我的姊姊安娜，你看到有人來了嗎？」
姊姊安娜回答：「我只看到陽光灑著金粉、草地綠油油。」
藍鬍子吼著說：「你快下來，不然我上去了。」
他妻子說：「我這就下來。」然後她又問姊姊：
「安娜，我的姊姊安娜，你看到有人來了嗎？」
姊姊安娜回答：「我看到那邊塵土飛揚。」
「是哥哥們嗎？」
「唉呀，不是，我的妹妹。是羊群經過。」
藍鬍子吼著說：「你還不下來？」
他妻子回答：「再一會兒就好。」然後她又問姊姊：
「安娜，我的姊姊安娜，你看到有人來了嗎？」
「我看見有兩名騎士往這邊來了，不過他們人還很遠……」不一會兒，姊姊安娜嚷著說：「上帝保佑，那是我們的哥哥。我向他們揮揮手，要他們快快趕來。」

藍鬍子怒吼起來，吼得連整間屋子都震動了。他可憐的妻子走下來，哭著撲倒在他腳邊，頭髮散亂。

藍鬍子說：「這麼做也救不了你。你必得死。」

然後他一手抓住她的頭髮，另一隻手高舉大刀，作勢要砍下她的頭。可憐的妻子轉過身子，以垂死的目光看著他，並懇求他再給她一點點時間默禱。

他說：「不行，不行，把你自己託付給上帝吧。」說著，他便舉起手臂……就在這個時候有人用力敲著門，藍鬍子不得不停下動作。門打了開來，走進來了兩名騎士，他們持著劍，直直衝著藍鬍子而來。

藍鬍子認出了他們是他妻子的哥哥，一位是龍騎兵，另一位是火槍手。他立刻逃命，但這兩位騎士緊緊跟在他身後，他們在他跑到門外台階前就抓住了他。他們劍一揮，就殺死了他。可憐的妻子幾乎和她丈夫一樣沒命，根本沒力氣站起來，抱抱她的哥哥。

藍鬍子並沒有後裔，所以他的妻子繼承了他所有的財產。她把一部分的財產給安娜姊姊當嫁妝，將她嫁給了一位仰慕她已久的年輕貴族，另一部分財產則替哥哥們買了隊長的官職。她還用剩下的錢將自己嫁給了一位紳士，這位紳士讓她遺忘了她過去和藍鬍子一起度過的那段壞時光。

寓 MORAL 意

寓意

好奇心儘管具有誘惑力，
卻往往會帶來遺憾；
我們每天都能看到成千個例子。
即使這會讓女士們不樂意，
我還是要說這是個輕佻的樂趣，
只要你投身其中，它就不再是樂趣，
而且它還要你付出極高的代價。

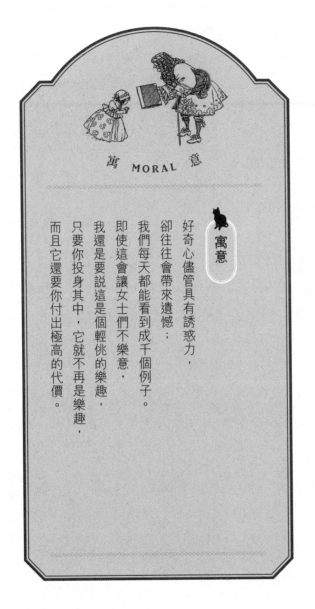

寓 MORALITÉ 意

另一個寓意

只要稍微明白事理，
並瞭解人生的人，
應該很快就知道這個故事
不過是古時候的寓言。

並不會有這麼可怕的丈夫，
他也不會做這種不可能的要求，
即使他對妻子不滿意，或是對她有妒意，
在他妻子的身邊，也只見他低聲下氣。

不管他鬍子是什麼顏色，
我們很難判斷丈夫或妻子誰才是一家之主。

穿長靴的貓

LE MAISTRE CHAT, OU LE CHAT BOTTÉ

從前有個磨坊主人留給了他三個兒子一間磨坊、一隻驢子，和他的一隻貓。遺產很快就分好了，而且並沒有請公證人或是訴訟代理人來做公證，不然這一丁點財產就會被這些人吞吃掉。

老大分得了磨坊，老二分得了驢子，而小弟就只分得那隻貓。繼承了這個財產的小弟心裡很不是滋味，他說：「我的兩個哥哥只要彼此合作就能生活無虞。而我呢，即使我把貓吃了，把牠的皮做成手籠，我還是會餓死。」聽到他這番話的貓（但牠假裝沒聽懂），平靜而嚴肅地對牠主人說：

「主人，你別難過了。你只要給我一隻袋子，再請人幫我做一雙長靴，讓我能走進荊棘裡，你就會發現你分得的遺產並沒有你以為的那麼差。」

主人雖然不抱太大的指望，但他想到曾經見過這隻貓耍些伎倆，像是腳跟倒吊、躲在麵粉袋裡裝死，來抓田鼠與家鼠，小弟便感覺不那麼絕望了，他想也許這隻貓真能為他窮困的處境帶來幫助。

貓得到了牠所要求的東西後，便穿上長靴，把袋子套在脖子上，用兩隻前爪抓

裝死躺在地上。

長靴貓

住袋子的繩子，然後走到有許多野兔子的兔洞去。他在袋子裡裝了些麩皮和苦苣菜，接著裝死躺在地上，等待小兔子自投羅網。小兔子還不懂這世上的詐騙伎倆，便跑到袋子裡來翻找裡面的食物。貓才剛躺在地上，就得到牠想要的——有一隻冒失的小兔子跑進了牠袋子裡。長靴貓立刻束緊袋口，還不留情地殺了小兔子。

得到獵物後得意洋洋的長靴貓走到王宮去，要求和國王談話。牠被請到國王的內院，站在國王面前對他深深鞠了一個躬，並對他說：

「喏，陛下，這是兔洞裡的一隻野兔，是我家主人卡拉巴斯侯爵（這名字是長靴貓為牠主人取的）要我替他獻給陛下的。」

國王回答：「對你的主人說我很感謝。這很得我的歡心。」

又有一次，長靴貓躲在麥田中，牠一樣打開袋子。等兩隻山鶉飛進袋子時，牠立刻拉上繩子，抓住了牠們。牠接著到國王那裡去，就像上一次獻上兔子一樣。國王得到兩隻山鶉心裡很是歡喜，讓人請長靴貓喝水。

接下來兩三個月，長靴貓時不時為國王帶來牠主人打獵所得的獵物。有一天牠知道了國王要帶著他世上最美麗的女兒到河邊去散步。於是長靴貓對牠的主人說：

「如果你聽我的建言，你就會得到財富。你只要到河裡我告訴你的地方去戲水，其餘的就交給我來辦。」

卡拉巴斯侯爵雖然不明就裡，他還是照著牠所說的做。他在河裡戲水時，國王正好經過，這時候長靴貓扯著喉嚨大聲喊道：

「救命啊，救命啊，卡拉巴斯侯爵溺水了！」

國王聽到叫聲，把頭探出馬車窗外，他認出了那隻多次帶給他獵物的貓，便命令護衛趕緊去救卡拉巴斯侯爵。

趁著護衛從河裡救起可憐的侯爵時，長靴貓走近馬車，對國王說，在牠主人戲水時，有小偷偷走了他的衣服。雖然牠大聲喊著說有小偷、有小偷。其實，是長靴貓把牠主人的衣服藏在一顆大石頭下。國王立刻命令掌管他衣櫃的大臣去拿一套最華美的衣服來給卡拉巴斯侯爵穿。國王十分殷勤地招待他。原本就俊美、健朗的侯爵穿上了國王給他的華美衣服更襯托出他的好儀態，國王的女兒不禁傾心於他；卡拉巴斯侯爵不過以尊敬和帶點溫柔的目光看了她兩三眼，她就瘋狂地愛上他。

國王邀請卡拉巴斯侯爵坐他的馬車，陪他們一起兜風。長靴貓看牠的計畫開始奏效，高興得不得了。牠刻意走在馬車前頭，碰見了幾個正在割草的農人。牠對他們說：

「割草的老實農人，如果你們待會兒不對國王說你們割的這片地是屬於卡拉巴斯侯爵的，你們就會被剁成肉泥。」

長靴貓走在前面。

國王來到時果真問了這些割草的農人這片地是誰的。

「這是卡拉巴斯侯爵的地。」農人齊聲回答，因為長靴貓的威脅讓他們嚇壞了。

國王對卡拉巴斯侯爵說：「你有一塊好地。」

侯爵回答：「陛下，你看，這塊地每年都大豐收呢。」

一直走在前面的長靴貓這時又遇見了收割麥子的農人，牠對他們說：

「割麥的老實農人，如果你們待會兒不對國王說這些麥田是屬於卡拉巴斯侯爵的，你們就會被剁成肉泥。」

不久，國王經過這裡，他想知道他看見的這片麥田是誰的。

「這是卡拉巴斯侯爵的麥田。」割麥的農人齊聲回答。這讓國王對侯爵越加滿意。一直走在馬車前面的長靴貓每次遇到人都對他們說同樣的話。國王很訝異卡拉巴斯侯爵擁有這麼多的地產。

長靴貓後來來到了一座美麗的城堡，這城堡的主人是個食人妖魔，他是這地方最有錢的人，因為剛剛國王經過的地方都是這城堡的屬地。長靴貓事先打聽了這位食人妖魔是誰、有什麼樣的本事，然後牠請求和食人妖魔談話，說牠既然來到了他的土地上，就不能不來對他表示敬意。食人妖魔客客氣氣地接待了牠，還請牠到城堡裡歇歇腳。

長靴貓說：「有人向我保證，你有本事讓自己變成各式各樣的動物，例如你可以讓自己變成獅子、大象？」

食人妖魔粗暴地回答：「這是真的，我可以表演給你看。你會看見我變成獅子。」

長靴貓看見眼前突然出現了一隻獅子心裡很是害怕，立刻就躲到屋頂上的簷槽去，但是牠的長靴走在屋瓦上一點也不方便，這為牠帶來了麻煩與危險。不一會兒，長靴貓見食人妖魔又恢復本來的模樣，牠才從簷槽上下來，對他表示自己剛剛真是嚇壞了。

長靴貓又說：「有人向我保證，說你也可以變成體型很小的動物，例如變成田鼠或家鼠，但我實在無法相信這件事。說真的，我認為這完全是不可能的。」

食人妖魔回答：「不可能？你等著瞧吧。」他話才說完，就把自己變成了一隻家鼠，在地板上跑來跑去。長靴貓見狀，立刻撲向老鼠，一口把牠吃了。

這時候國王來到了食人妖魔美麗的城堡前，便想進去參觀。長靴貓聽見了馬車經過城壕上吊橋的聲音，就趕緊跑出來，對國王說：

「歡迎陛下蒞臨卡拉巴斯侯爵的城堡。」

國王驚呼：「什麼？侯爵，這座城堡也是你的！我看再也沒有什麼比這宮殿、比宮殿附近這些建築更華麗雄偉的了。請讓我們到裡面參觀吧。」

國王走在前頭，侯爵牽起年輕公主的手隨國王走進了寬敞的大廳。他們發現大廳裡擺設了盛大的宴席，原來是食人妖魔準備在今天招待朋友的，但他的朋友知道了國王在城堡裡都不敢進來。

國王深深為卡拉巴斯侯爵的排場而傾倒，他的女兒也深深愛上了他。國王見侯爵擁有這麼豐厚的財產，便在喝了五、六杯酒以後對他說：

「侯爵，現在就看你有沒有意思當我的女婿了。」

牠從此成為重要人士。

侯爵恭恭敬敬地對國王鞠躬，接受了國王的提議，並且在同一天就娶了公主為妻。長靴貓從此成為爵爺，只有在想消遣時才抓老鼠。

寓 MORALITÉ 意

寓意

不管一般的年輕人，
從父親那裡
繼承了多麼多麼豐厚的遺產，
懂得運用才幹與本事，
才比所得的遺產更有價值。

另一個寓意

如果一個磨坊主人的兒子，這麼快
就贏得一位公主的心，
讓她以愛慕的眼光注視他，
這都是華美的衣裳、從容的儀表，與青春年少，
激發出的溫柔之心，
對於此，這些不會沒有效果。

仙女

LES FÉES

從前的從前，有個寡婦有兩個女兒。

大女兒不論是外貌或是個性都和母親神似，誰看見她都像看見她媽媽一樣。她們兩個人不僅討人厭，而且性格高傲，以致沒有人能和她們生活在一起。小女兒則像她爸爸，溫柔又和善，是世上最美麗的女孩之一。

因為我們天生偏好和自己個性相近的人，所以這個寡婦最疼愛的是大女兒，而深深嫌惡小女兒。她只准小女兒在廚房裡吃飯，還讓她工作做個不停。

小女兒還必須每天到離家兩公里遠的地方提兩次水，滿滿地提回一大甕。有一天，她在泉水旁提水時，遇見了一位可憐的婦人，婦人請求她給她一點水喝。

這個美麗的小女孩回答：「好的，太太。」她立刻洗了洗甕子，從泉水最甘美的地方汲了水，請婦人喝。她還幫她扶著甕子，好讓她更方便喝到水。婦人喝過水以後，對小女孩說：

「你這麼美麗、這麼善良、這麼親切，我不禁想要祝福你。」原來這個婦人是個仙女，她裝成了可憐的鄉下老婦，就為了看看這個女孩多麼好心腸。婦人接著說：

她還幫她扶著甕子，好讓她更方便喝水。

「我祝福你，從你嘴裡說出來的每句話都會化為花朵或是寶石。」

小女孩回到家，她媽媽責怪她這麼晚才從水泉那裡回來。

可憐的小女孩說：「原諒我，媽媽，原諒我去了這麼久。」她在說這話的同時，嘴巴裡冒出了兩朵玫瑰、兩粒珍珠，和兩顆大鑽石。

媽媽非常吃驚地喊道：「我看到了什麼啊！她嘴裡竟然冒出了珍珠和鑽石。我的女兒，這是怎麼一回事？」（這是她第一次叫她「我的女兒」。）可憐的小女孩一五一十地把事情經過告訴媽媽，在此同時，她嘴巴裡又冒出無數的鑽石。

媽媽說：「真的是這樣嗎？那我要叫我女兒去那裡。芳頌，快過來看，看你妹妹說話時嘴巴裡會冒出東西。如果你也能得到同樣的祝福，不是美事一樁嗎？你只要到泉水旁去提水，等有個可憐的婦人跟你要水喝時，你就客客氣氣請她喝。」

粗暴的大女兒說：「你竟然要我去提水。」

媽媽回答：「我要你去就去，而且立刻就去。」

大女兒去了，但一路上都在抱怨。她拿了家裡最漂亮的銀罐出門去。

她一到泉水旁，就看見有位穿著華麗的婦人從森林裡走出來，她問她要水喝。原來她就是曾經出現在妹妹面前的那位仙女，但這次她的穿著和儀態都像是一位公主，她要看看現在這個女孩心腸有多麼惡毒。

粗暴又高傲的大女兒對她說：「我在這裡豈是要汲水給你喝？我特意帶來這只銀罐難道是為了要給你水喝嗎！算了，你就就著銀罐喝吧！」

仙女並沒因此生氣，她說：「你一點禮貌都沒有。喏，既然你一點也不想幫助人，我就詛咒你每說一句話就會從嘴巴裡吐出毒蛇或癩蝦蟆。」

媽媽看見大女兒回來了，叫著對她說：

「怎麼樣了，我的女兒？」

「不怎麼樣，媽媽。」這個粗暴的女孩說話時，嘴巴裡吐出了兩隻毒蛇和兩隻癩蝦蟆。

媽媽嚷著：「喔，天哪！我看見什麼了？這都是你妹妹害的，我要她付出代價。」說完她立刻跑去打小女兒。

可憐的小女兒趕緊逃跑，跑去躲在附近的森林裡。在森林裡打獵完要回家的王子遇見了她，看她長得如此美麗，便問她怎麼會一個人在這裡，怎麼會在這裡哭。

「唉，王子殿下，是我媽媽把我趕出家門。」

王子看見她嘴巴裡冒出了五、六顆珍珠，和幾顆鑽石，便請她說明這是怎麼一回事。小女孩把事情的經過告訴了他。

王子因此愛上她，他心想她這個天賦比許多嫁妝還要有價值。他把小女孩帶回他父王的王宮，娶了她為妻。至於小女孩的姊姊，她變得更加討人厭，連她媽媽都趕她出家門。這個悲慘的壞女孩流浪了好一陣子，找不到人願意收留她，最後就死在森林的一個角落裡。

寓 MORALITÉ 意

寓意

鑽石和金幣
能給人強烈印象，
然而溫柔的話語
卻更有力量，而且更有價值。

另一個寓意

誠實有時要付出一點代價，
而且服務別人也是如此，
不過或遲或早，我們會得到報償，
就在我們意想不到的時候。

灰姑娘

CENDRILLON, OU LA PETITE PANTOUFLE DE VERRE

世上最自大、最傲慢的女人。

從前的從前，有個貴族再婚，他這第二任妻子是世上最自大、最傲慢的女人。她有兩個性格和她相同的女兒，她們母女三人簡直是相像透了。這個貴族也有一個女兒，但是她溫柔、和善，是世間少有；她這性格是遺傳自她的媽媽，她媽媽生前是世上最善良的人。

婚禮剛舉行不久，繼母就顯露出了她的壞脾氣。她受不了她丈夫這個女兒的優點，因為這會讓她自己的兩個女兒顯得更討人厭。她命令這個女孩做最粗重的家事，洗盤子是她、擦樓梯是她、清掃繼母的房間是她、清掃繼母兩個女兒的房間也是她。女孩睡在房子頂樓的閣樓裡，睡在破舊的草墊上，她兩個姊姊則睡在地上鋪著木板的房間裡，睡在最流行的床鋪上，她們還有一面可以從頭照到腳的穿衣鏡。

可憐的女孩堅韌地忍受著這一切，不敢向她爸爸抱怨，因為繼母完全掌控了她爸爸，她若是抱怨，只會被他責怪。女孩做完家事後，總會來到壁爐的一角，坐在灰燼旁休息，所以家裡的人都叫她「煤灰屁股」。二姊不像大姊那麼壞心腸，都叫她「灰姑娘」。不過，灰姑娘雖然穿著破爛的衣服，她還是比她穿著華麗的姊姊漂亮一百倍。

有一天，國王的兒子舉辦了一場舞會，他邀請所有的貴族家庭來參加，那兩位姊姊也在受邀之列，因為她們被看做是重要人物。兩位姊姊非常開心，便忙著挑選最能搭配她們的禮服和髮飾。但對灰姑娘來說，這又多了一件差事，因為她得為姊姊燙衣服、為姊姊在袖口打上摺子。兩位姊姊整天只顧著談論舞會要穿什麼。

大姊說：「我要穿那件紅色的天鵝絨衣，還要配上有花邊的細緻首飾。」

二姊說：「我就只有我那件平常穿的裙子，不過為了襯托它，我要配上金花斗蓬，再戴上鑽石胸針，這樣就會非常好看了。」

她們請人去叫來最出色的美髮師，替她們在頭髮兩側梳出兩個髮髻，還請人從最棒的師傅那裡買來了假痣，以襯托自己白晰的肌膚。她們喚來灰姑娘，問她的意見，因為灰姑娘品味很好。灰姑娘給了她們好建議，還幫她們梳頭，姊姊們非常樂意她這麼做。在幫兩位姊姊梳頭的時候，她們問她：

「灰姑娘，你會很高興去參加舞會吧？」

「唉呀，姊姊，你們這是在取笑我吧，那裡不是我該去的地方。」

「你說得對，要是煤灰屁股出現在舞會上，一定會讓人捧腹大笑的。」

如果是別人聽她們這麼說，一定會把她們的頭髮亂梳一通，但灰姑娘心腸好，她把她們的頭髮梳得完美極了。她們因為太興奮了，樂得兩天都沒吃飯。她們為了讓體態更為苗條，拉斷了超過十二條的束腰帶；她們還不停地照鏡子。

終於到了舉辦舞會的那一天，姊姊出門去了，灰姑娘只能久久看著她們離去的背影。在她再也看不見她們時，她忍不住哭了。灰姑娘的教母看見她哭得傷心，便問她是怎麼回事。

「我好想要……我好想要……」

她哭得好傷心，根本說不出話來。她的教母是個仙女，她對她說：

「你也想去參加舞會，對吧？」

灰姑娘嘆了一口氣說：「是啊。」

她的教母說：「那麼，你會是個聽話的女孩吧？我想辦法讓你去。」

教母看見她哭得傷心。

她把灰姑娘帶回她房間，對她說：

「你到花園去，幫我摘一顆南瓜來。」

灰姑娘立刻到花園裡摘了一顆最好的南瓜，把它拿給教母。她想不透這顆南瓜怎麼能讓她去參加舞會。她的教母挖空南瓜的果肉，只留下外殼，然後用她的仙女棒一點，南瓜立刻變成了一輛金碧輝煌的馬車。然後她看看她的鼠籠，看見裡面有六隻活生生的小家鼠。教母對灰姑娘說，稍微打開鼠籠的小門；每當有小家鼠跑出來，她就用仙女棒點了點牠，小家鼠立刻變成駿馬。這麼一來就有了六匹身上帶有鼠灰色斑紋的駿馬。教母找了一找，看看有什麼可以當作馬夫。

灰姑娘說：「我去抓田鼠的鼠籠裡看看有沒有田鼠。我們可以用田鼠來當馬夫。」

教母說：「你說得對。那就去看看吧。」

灰姑娘把鼠籠拿來給她教母，看見裡面有三隻大田鼠。仙女抓了三隻中鬍鬚最長的那一隻，用仙女棒點了點牠，牠就變成了一名馬夫。這名馬夫還蓄著世上最美的鬍鬚。接著仙女又對灰姑娘說：

「你再到花園去，澆花器後面有六隻蜥蜴，把牠們抓來給我。」

她一把蜥蜴抓來，教母就把牠們變為僕役。這六名穿著鮮豔制服的僕役立刻站在馬車後面，緊緊抓著馬車，就好像他們一輩子都從事這工作。仙女這時候對灰姑娘說：

「好了，一切預備妥當，你可以去參加舞會了。但你為什麼不開心呢？」

「嗯，但是我要穿我這一身舊衣裳去嗎？」

教母又用仙女棒點點她，立刻她就穿著一件金銀絲線繡成的禮服，上面還綴滿各式各樣的寶石。然後教母給了她一雙全世界最漂亮的玻璃鞋。她打扮好以後，登上了馬車，但是教母特別交代她不能在舞會待到超過午夜十二點。教母說，要是她在舞會上多待一會兒，她的馬車會變回南瓜、她的駿馬會變回小家鼠、她的僕役會變回蜥蜴、她身上穿的也會變回原來的舊衣裳。她答應教母一定會在午夜之前離開舞會。她上路了，心裡歡喜不已。

她上路了。

國王的兒子聽說來了一位沒人認識的公主，便前去迎接她。他伸手扶她走下馬車，帶她走進賓客聚集的大廳。灰姑娘一進大廳，四下一片靜悄悄。大家都停下舞步，小提琴也停止了演奏，大家都屏氣凝神注視著這位美麗非凡的陌生女子。只隱隱約約聽見有人說：「啊，她好美喔！」就連即使很老了的國王也目不轉睛地看著她，他還低聲對王后說，他已經很久沒見過像這樣美麗、迷人的女子了。所有的貴婦都注意看著她的髮型和她的禮服，打算明天也和她做一樣的裝束，只希望她們也能找到一樣美麗的布料、一樣手巧的藝匠。國王的兒子邀請她坐在最尊貴的位子上，還邀請她一起跳支舞。她舞姿優雅，讓眾人更加傾慕她。

舞會上準備了一席盛宴，但王子只顧著注視她，一口食物也沒吃。她坐到了她兩個姊姊身邊，對她們彬彬有禮，還把王子給她的橘子和檸檬分給她們吃。兩個姊姊非常訝異，因為她們一點也沒認出她來。灰姑娘在和姊姊談話時，聽見了十一點四十五分的鐘聲響起。她即刻向賓客們鞠了個躬，然後飛快離開。

她一回到家，便去找她的教母。她謝謝教母，並對她說，她希望明天還能去參加舞會，因為國王的兒子這麼請求她。正當她熱切地跟教母敘述舞會上發生的事時，她的兩個姊姊敲起門來。灰姑娘幫她們開了門。

灰姑娘對兩個姊姊說：「你們這麼晚才回來！」她邊說邊打著呵欠、揉著眼睛、伸著懶腰，就好像她才剛醒來似的，但其實自從姊姊出門後，她一點睡意也沒有。

她的一個姊姊對她說：「如果你也去參加舞會，你是不會生厭的。舞會上來了一位絕美的公主，是世上少見的美人，她對我們非常和善，還把橘子和檸檬分給我們吃。」

灰姑娘心裡很是歡喜，她問姊姊這位公主叫什麼名字。但姊姊回答她，她們並不知道，而且連國王的兒子也為此煩惱不已，為求知道她是誰，他願意獻上世上的一切。灰姑娘微笑著對姊姊說：

「她真的那麼漂亮？天哪，看你們這麼高興，能讓我也去見見她嗎？唉，喬沃特姊姊，你能把那件你每天穿的黃色衣服借我嗎？」

喬沃特姊姊說：「這怎麼可能！把衣服借給像你這樣的煤灰屁股，我瘋了不成。」灰姑娘早就想到姊姊會拒絕，這反而讓她鬆了一口氣，因為如果她姊姊願意借她衣服，她會很為難呢。

第二天，兩個姊姊又去參加了舞會，灰姑娘也是，而且她穿得比昨晚更華麗。國王的兒子一直陪在她身邊，不斷對她說些甜言蜜語。灰姑娘玩得盡興，忘記了教母再三叮嚀她的事，以致在她聽到午夜的第一聲鐘聲響起時，還誤以為只是十一點鐘。她意識到錯誤後，即刻起身，往外跑去，動作輕盈得像隻小鹿。王子跟在她身後，卻追不上她。她遺落了一只玻璃鞋，王子小心翼翼地拾起來。

灰姑娘氣喘吁吁地回到家，沒有了馬車、沒有了僕役，身上穿著她的舊衣裳，

她即刻起身，往外跑去，動作輕盈得像隻小鹿。

她原本華麗的裝束現在就僅剩一只玻璃鞋。這只玻璃鞋和她遺落在王宮裡的那只一模一樣。王子問王宮大門的守衛有沒有看見一位公主離開，守衛說，他們只看見一位穿著破舊衣裳的女孩離開，那女孩看起來一點也不像是公主，而像是鄉下姑娘。

等兩個姊姊回到家時，灰姑娘問她們今晚是不是玩得很開心、還問那位公主是不是又出現了。她們回答，公主是出現了，但十二點的鐘聲一響，她就動作敏捷地跑走了，只留下一只美麗絕倫的玻璃鞋，國王的兒子拾起了這只鞋，直到舞會結束他都只注視著那只玻璃鞋，想必他是深深愛上了那只鞋的主人。

姊姊們說得不錯，因為幾天後，國王的兒子就要人吹號角公開宣達，他要娶剛好能穿得下這只玻璃鞋的女孩為妻。各國的公主、各地的女公爵、王宮裡的所有女孩都試穿了這只鞋，但誰也不合腳。最後王子的侍衛把鞋帶到了兩個姊姊家，她們用盡各種辦法想把腳套進鞋裡，卻怎麼也辦不到。看著這一幕的灰姑娘認得自己的鞋，她笑著說：

「讓我看看能不能穿得下！」

各國的公主都試穿了這只鞋。

她的兩個姊姊笑了起來，還嘲弄她。

那位王宮裡派來試穿鞋子的侍衛看了看灰姑娘，發覺她長得很漂亮，表示可以讓她試試，因為他收到的命令就是讓所有的女孩來試穿。他讓灰姑娘坐下來，把玻璃鞋套進她的小腳，他見她毫無困難地穿上鞋，鞋子像是以她的腳模子做的那般合腳。兩個姊姊非常吃驚，但更讓她們訝異的是灰姑娘從口袋裡掏出另一只玻璃鞋，穿在自己腳上。就在這時候，教母走了進來，她用仙女棒點了點灰姑娘的衣裳，她便換了一身前所未有的華麗禮服。

兩個姊姊認出了她就是她們在舞會上見到的那個美麗公主。她們撲倒在她腳前，請求她原諒她們之前待她惡毒。灰姑娘扶起姊姊，把她們抱在懷裡，對她們說：她完全原諒她們，希望她們能永遠愛她。

侍衛把穿著美麗禮服的灰姑娘帶到王子面前。王子覺得她比之前更美麗了，過沒幾天，便娶她為妻。灰姑娘不僅美麗，而且心地善良，她讓兩個姊姊住在王宮裡，並且在同一天，將她們許配給王宮裡的貴族。

寓 MORALITÉ 意

寓意

美貌是女人稀有的寶藏，
人們總是不斷讚美它。
但是我們所稱的心地善良
更是無價之寶，價值更甚於美貌。
這正是教母在教導灰姑娘、教育灰姑娘時，
讓她擁有的。
教母的良好教導使得灰姑娘成了王后
（因為從這個故事我要得出以下這個寓意），
美人們哪，心地善良遠比裝扮出色來得重要，
為了贏得一個人的心，為了成功贏得一個人的心，
善良才是仙女真正的祝福，
沒有善良，什麼都做不成，
有了善良，一切都能成事。

寓 MORALITÉ 意

另一個寓意

擁有才智和勇氣，
無疑是個莫大的優勢，
天生就通情達理，
還具有其他種種才能，
這真是老天所賦予；

但是如果你沒有教父或教母，
或是如果不將之發揚，
擁有這些優點便是徒然，
對你的晉升毫無幫助。

翹髮里克

RIQUET À LA HOUPPE

從前的從前，有位王后生了一個奇醜無比的兒子，他醜得讓人不禁懷疑他是不是個人。

在他出生時有個仙女保證他會是個討人喜歡的人，因為他很有才智。仙女甚至還說，她要給他一個祝福，有了這個祝福他就可以把他的聰明才智送給他所愛的人，愛給多少就多少。

仙女這席話讓王后心裡寬慰了一點，因為王后為自己生下這麼一個醜陋的孩子悲傷不已。的確，這孩子一開始會說話，就盡說些動聽的話，他舉手投足也都十分風雅，讓人著迷不已。我忘了說，他出生時頭上有一小撮翹起來的頭髮，所以大家都叫他翹髮里克——里克就是這個國王的姓氏。

過了七八年以後，鄰近王國的王后生下了兩個女兒。大女兒美麗絕倫，宛如白晝，王后非常高興，但旁人都擔心她太過高興反而會對她不好。翹髮里克出生時出現的那位仙女這時也現身了，她抑制了王后的歡心，她對王后說，這位公主不會太聰明，她越是長得漂亮，就越是愚蠢。

這讓王后非常悲痛，不過沒過多久，又有件事讓王后更加傷心，那就是她生下的第二個女兒長得非常醜陋。

仙女對她說：「王后，你別難過啊。你的女兒會得到補償的，她會非常聰明，以致別人幾乎不會注意到她醜陋的容貌。」

王后回答：「這是天意啊！不過難道沒有辦法讓漂亮的大女兒擁有一點聰明才智嗎？」

仙女對她說：「王后，要說聰明才智，我是幫不上她的忙，不過要說美貌的部分，我倒是可以幫忙。我一定盡量滿足你的願望。我會祝福她，讓她可以把自己的美貌送給她喜歡的人。」

兩位公主漸漸長大，她們的美貌與才智也漸漸增加，到處都有人談起大公主的美貌、小公主的聰明才智。而她們兩個人的缺點也一樣與日俱增。

肉眼就看得出來小公主越來越醜，大公主一日笨似一日。若是有人問大公主話，她要不是一言不發，就是淨說些傻話。大公主總是笨手笨腳，如果要她把四只瓷瓶

如果她把四只瓷瓶放到壁爐上，她一定會打破一只。

放到壁爐上，她一定會打破一只，如果她喝水，她一定會把半杯水灑在衣服上。

雖然對年輕人來說長得美貌是一大優勢，但是聰明而醜陋的小公主總會搶走美麗姊姊的風采。一開始大家都會被姊姊的美貌吸引，忍不住讚美她，但大家很快地就將注意力轉向聰明的妹妹，傾聽她令人愉悅的談話。更讓人訝異的是，不到一刻鐘的時間，大公主身邊就沒半個人，因為大家都圍到妹妹身邊去了。

大公主雖然愚蠢，她還是注意到了這件事，她真心想用自己全部的美貌來交換妹妹一半的聰明才智。向來非常明智的王后有好幾次也忍不住責怪大公主的愚蠢，這讓可憐的大公主更加痛不欲生。

有一天大公主躲到森林裡哀嘆自己的不幸，這時候她看見有一位長得極為醜陋卻一身華服的矮小男人朝著她走過來。原來他就是翹髮里克這位年輕的王子。

翹髮里克在看過流傳各地的大公主的畫像之後便深深愛上她，他離開他父王的王國只為能看看她、和她說話。他很高興能在這裡遇到獨自一人的公主，他非常恭敬而且彬彬有禮地和她攀談起來。在他恭維她一番之後，他注意到了她看起來非常悲傷。他對她說：

「小姐，我不明白一個像你這麼漂亮的人怎麼會看起來這麼傷心呢？我敢誇口自己見過無數的美人，但我還是要說我從沒見過像你這麼漂亮的。」

大公主只回答他：「先生，你這麼說是為了讓我開心吧。」她就不再作聲。

翹髮里克接著說：「美貌是極大的優勢，它能補償所有我們不足的。一旦擁有美貌，我看不出來還有什麼能讓人煩

傾聽她令人愉悅的談話。

心。」

大公主說：「我寧願長得跟你一樣醜，卻擁有聰明才智，而不要像我這麼美麗，卻非常愚蠢。」

「小姐，認為自己不聰明，反而更能顯出自己的才智。而且擁有聰明才智的人的天性就是，越是聰明就越認為自己不足。」

大公主說：「這種事我不懂，不過我知道我很愚蠢，這讓我煩惱得幾乎要了我的命。」

「小姐，如果你是為此煩心，我可以輕易就解決你的困擾。」

大公主問：「你要怎麼做呢？」

翹髮里克說：「我有一種魔力，能把聰明才智送給我最愛的人，而小姐你正是這個人。只要你願意嫁給我，你就能擁有我的聰明才智。這件事都取決於你。」

大公主目瞪口呆，一句話都說不出來。

翹髮里克接著說：「我看得出來我這個提議讓你難以接受，這我一點也不意外。

不過我可以給你一年的時間考慮，讓你下決定。」

一點也不聰明的大公主非常渴望能得到聰明才智，她以為一年太長，永遠也走不到盡頭，所以她立刻就接受了翹髮里克的提議。

一等她承諾翹髮里克一年後的同一天她就嫁他為妻，她立刻感覺到自己和以前不一樣了。很快地，她發現自己能很流利地想說什麼就說什麼，並且說得很是文雅、輕鬆、自然。於是她開始和翹髮里克有一番高尚、典雅的交談，她表現得十分出色，這不禁讓翹髮里克認為他給大公主的聰明才智比留給自己的還多。

大公主回到王宮以後，宮廷裡的人都想不透她怎麼會有這麼突然、這麼奇妙的改變；從前她是那麼愚蠢，現在聽她說起話來卻是通情達理，充滿智慧。整個宮廷都因此歡欣鼓舞。只有小公主悶悶不樂，因為她的聰明才智再也不能勝過姊姊，現在她在姊姊面前只是個討人厭的醜女孩。國王都會聽從大公主的意見，有時候甚至讓她參加大臣的會議。

大公主有轉變的這個消息傳遍了各地，鄰近王國的王子都竭盡所能地想要得到大公主的垂青，而且幾乎所有的王子都向她求親。但是她覺得沒有一個人有足夠的聰明才智，她聽了所有求親者說的話，卻沒有答應任何人的求親。

不過，這時來了一位極有權勢、極富有、極聰明，而且極英俊的王子，她忍不住對他起了愛意。國王發現了這個情況以後，對她說，是她該做選擇選個夫婿的時候了，她只要向大家宣布她的決定就好。一個人越是聰明，在對婚事要做重大決定的時候就越是困難。她謝謝父王，並請求他讓她有時間考慮。

她無意間來到了她之前遇見翹髮里克的那個森林，想好好思考自己該怎麼做。她散著步，深深陷入沉思，這時她卻聽到自己腳下傳來一陣低沉的聲響，就好像有許多人忙忙碌碌地走來走去。她仔細側耳傾聽，她聽見了有人說：「把那個鍋子拿給我」，又有人說：「把那個大鍋拿給我」，還有另一個人說：「在火裡放些柴火」。

在這同時，地面裂了開來，她看見自己腳底下出現了一間大廚房，裡面滿滿是廚師、小學徒和僕役，他們正在準備一場盛大的宴席。還有二、三十個烤肉師傅走出來，走到一條林間小徑，小徑裡放著一張很長的桌子。這些烤肉師傅手裡都拿著

翹髮里克

一把烤肉杆，頭上戴著廚師帽，開始工作起來，一邊還唱著曲調和諧的歌曲，工作的節奏也配合著歌曲。公主見到這幅景象很是訝異，她問他們是為誰做事。

這些人當中一位顯得地位重要的廚師回答她：「小姐，我們是為翹髮里克王子做事，他明天就要結婚了。」

大公主這下子更是吃驚了，她忽然想起去年的同一天她曾答應要嫁給翹髮里克王子。她想自己要昏厥了。她之所以忘記這件事，是因為在她答應王子的時候，她還很愚蠢，而在她得到了王子送給她的聰明才智後，她就忘了自己之前所做的蠢事。

她不過往前走了三十步，就看見翹髮里克出現在她眼前。他穿得非常華麗，光彩煥發，就像是個明天就要娶親的王子。

他說：「小姐，你看我履行了我的承諾，我相信你今天來這裡也是為了履行你的承諾。請把你的手交給我，讓我成為最快樂的人吧。」

大公主回答：「我老實對你說，我對這樁婚事並還沒下定決心。我可能沒有辦法照你所希望的做。」

翹髮里克對她說：「小姐，你這話真讓我吃驚。」

大公主回答：「我想也是。如果現在和我談話的是一個粗魯的人、一個沒有聰明才智的人，一定會讓我非常為難。他可能會這麼對我說：『身為公主就必須遵守諾言。既然你答應過我，那麼你就必須嫁給我。』但現在和我說話的這個人是世界上最聰明的人，我相信他一定會講道理的。

你也知道，在我還很愚蠢的時候，我無法決定是否要嫁給你，現在我有了你送給我的聰明才智，我對人的要求比以前更加高了，你想當時我就無法決定了，現在我又怎麼能夠下決定呢？如果你真心想要娶我，那麼當初你就不該取走我的愚蠢，讓我看事情比以前更清楚。」

翹髮里克回答：「就像你剛剛說的，如果一個愚蠢的人有理由責備你不遵守承諾。那麼，小姐，為什麼我不能責怪你呢？這件事可關係到我終生的幸福啊！難道和不聰明的人比起來，聰明人得遭受更差的對待嗎？像你這麼聰明的人、像你之前這麼渴望擁有聰明才智的人，竟然也會這麼認為嗎？就請讓我們直接回到問題上吧。除了我長得醜之外，我可有別的方面讓你不滿意？你是不滿意我的出身、我的聰明才智、我的性格，還是我的行為呢？」

大公主回答：「都沒有，你剛剛對我說的這一切都討我的歡心。」

翹髮里克接著說：「如果是這樣，我就開心了，因為你能讓我成為世上最討人喜愛的人。」

大公主對他說：「這事怎麼可能呢？」

翹髮里克回答：「如果你夠愛我，並希望這事發生，那麼它就可能。小姐，你不必懷疑，要知道在我出生時祝福我能夠將我的聰明才智送給我所喜愛的人的那個仙女，她也祝福了你能把你的美貌送給你愛的人。」

大公主說：「如果真的是這樣，我衷心希望你成為世上最俊美、最和善的王子。我要盡我所能地把美貌送給你。」

大公主才說了這話，翹髮里克立刻變成世上最俊美、最英挺、最和善的男人出現在她眼前，是她所從未見過的。

有人認為這一點也不是仙女的魔法造成的，而是愛情讓他們有此變化。他們說，大公主認真思考了翹髮里克的堅持不懈、謹慎小心，以及他所有美好的人格特質、他的聰明才智，就再也不看他身體上的缺陷，和他醜陋的容貌。他的駝背在她眼裡不過是他拱著背，再普通不過。他本來難看的跛腳，這時她只覺得他是傾著身子走路，看來相當迷人。他們還說，他斜視的眼睛在她看來反而閃爍著光彩，他錯亂的眼神對她來說也只是愛意滿滿的印記，還有他紅紅的大鼻子在她看來也成了某種英勇的標誌，具有英雄氣概。

總之，只要得到公主父王的同意，她立刻答應嫁給他。國王知道了自己的女兒非常敬重翹髮里克，他也很清楚翹髮里克是個最聰明、最賢能的王子，便很高興地接納他成為自己的女婿。第二天，他們隨即舉行了婚禮，婚禮的一切都照翹髮里克在好久以前就安排好的順序進行，一切就如他所料的一樣。

寓 MORALITÉ 意

寓意

在這則故事裡我們發現，
這並非是編造之故事，而是事實。
我們所愛的都是美的，
我們所愛的都是聰明的。

另一個寓意

大自然會在人身上
創造美麗的容貌，留下鮮麗的痕跡，
這是藝術無法企及；
但以外貌來尋求真心
將永遠比不上看不見的優點，
只有情人能發掘表面之下的魅力。

小拇指

LE PETIT POUÇET

從前的從前，有一個樵夫和他的妻子，他們總共有七個孩子，全都是男孩。最大的孩子才十歲，最小的也只有七歲。別人可能覺得奇怪，樵夫怎麼會在這麼短的時間裡生這麼多小孩，原來是他的妻子很勤快，每一胎至少都生兩個。

樵夫一家很貧窮，七個孩子是沉重的負擔，尤其他們都沒有謀生的能力。更讓他們難過的是，最小的孩子身體很弱，而且不會說話。夫妻倆把這孩子的善良看作是愚蠢。

這個孩子很瘦小，在他出生時身體只有一根拇指大，大家因此都叫他「小拇指」。這個可憐的孩子是家裡的受氣包，大家總是責怪他。其實，小拇指是幾個兄弟中最聰明的，他話雖不多，卻聽得很多。有一年，災荒來了，到處鬧飢荒，這對窮苦的夫妻因此決定拋棄自己的孩子。晚上，孩子都上床睡覺了，樵夫和妻子坐在火爐邊，他悲痛地對妻子說：

「你也知道我們無法養活我們的孩子，我不能眼睜睜地看著孩子餓死。我決定明天把他們丟在森林裡，這應該很容易辦到，因為我們可以趁他們撿著木柴玩的時候，偷偷溜走，他們不會發現的。」

樵夫的妻子嚷著：「啊，不，你拋棄得了你的孩子嗎？」

樵夫一直向妻子說明他們現在貧困的處境，但妻子還是不能同意他的做法。她雖然貧窮，但她仍然是孩子的媽媽。然而一想到孩子終究會一個一個餓死在她面前，那必定會讓她更加痛苦，她便勉強同意了丈夫的做法，哭著上床去。

小拇指聽見了爸爸媽媽所說的字字句句，因為他在床上聽見他們談著事情，便悄悄起身，躲在他爸爸的板凳下，將一切聽得分明，並且沒被人發現。他後來又回到床上去，但接下來一整夜都睡不著，心裡不斷想著自己該怎麼做。他一大早就起身到溪邊去，撿了許多白色的小石頭裝滿口袋，然後返回家中。

樵夫一家人出發到森林裡，小拇指什麼也沒對他的哥哥說。他們來到了樹木濃密的森林裡，只要分隔十步的距離，彼此就見不到對方。樵夫開始砍柴，他的幾個孩子開始撿樹枝，捆成柴薪。樵夫和他妻子看見孩子專心地撿柴，就悄悄遠離他們，快速地從一條繞彎的小路跑開。

當這幾個孩子發現爸媽拋棄了他們時，全都大喊大叫起來，哭成一團。小拇指任由他們叫喊，因為他很清楚該從哪一條路回家。原來在來的路上，他就沿路丟下口袋裡裝的白色小石頭。小拇指對哥哥們說：

「哥哥，別怕。爸爸媽媽把我們丟在這裡，但我可以帶你們回家。大家只要跟著我走。」

哥哥們跟著他走。他們從來到森林時所走的路回到了家中。但他們一開始不敢進家門，全都只待在門口，耳朵貼著門，聽屋內爸爸媽媽講些什麼。

當樵夫和他妻子回到家中時，村裡的爵爺給他們送來了十塊錢；這是爵爺欠了他們好久了的錢，他們一點也沒想到這筆錢還拿得回來。這對快餓死了的可憐夫妻來說，簡直讓他們如獲新生。

樵夫立刻要他妻子去買肉。她實在太久沒吃東西了，便買了比兩人晚餐要吃的份量還多三倍的肉回來。樵夫的妻子在飽餐一頓之後，說：

「唉，我們可憐的孩子現在人在哪兒呢？這些原本也能讓他們好好吃一頓的。

都怪你，季堯姆，是你想把他們拋棄的。我早就說過我們一定會後悔的。他們現在人在森林裡做什麼呢？唉，上帝啊，說不定狼已經吃掉他們了！你真不是人，竟然就這麼拋棄孩子。」

她一再說他們一定會後悔的、這她早就知道了，說了不下二十次，最後讓樵夫感到非常不耐煩。他威脅她，再不閉口，他就要揍她了。其實，並非樵夫可能比他妻子更加難過，而是她在他耳邊嘮叨個不停，讓他厭煩；再說，他跟其他男人並無兩樣，他們雖然深愛妻子總說得沒錯，但她們一直總是說得沒錯，卻讓他們很不高興呢。

「唉，我的孩子現在人在哪兒呢？我可憐的孩子啊！」她這話說得好大聲，以致在門外的孩子都聽到了。孩子們齊聲大喊：

「我們在這裡。我們在這裡。」

她立刻打開門，把孩子抱在懷裡，對他們說：

「我親愛的孩子，我真高興看到你們！你們都累了、都餓了吧。你看你，皮耶侯，身上沾滿了污泥，我來幫你擦擦。」

皮耶侯是最大的兒子，也是她最疼愛的孩子，因為他頭髮有點棕紅，就像她一樣。大家都圍坐在餐桌旁，胃口大開地吃起飯，這讓爸爸媽媽很開心。他們每個人都搶著說，在森林中時大家有多害怕。夫妻兩人很高興和孩子聚首，但是那十塊錢一花完，他們的喜悅之情也就結束了。錢花完以後，他們又回到之前的窮困生活，並決心再一次拋棄孩子。為了不再失敗，他們決定把孩子帶到比上次更遠的森林去。

儘管他們偷偷討論這件事，卻還是被小拇指聽到了。小拇指決定和上次一樣跟著白色小石頭，循著路回家。他雖然起個大早，想到溪邊去撿小石頭，但這次卻辦不成，因為他發現家門上了鎖，根本出不去。他不知道該怎麼辦才好。

這時候媽媽給了他們兄弟每個人一塊麵包，當做午餐，小拇指心想他可以用麵包代替小石頭，把麵包撕成碎片丟在他們沿路經過的地方。於是他將麵包放進口袋裡。爸爸媽媽將他們兄弟帶到了最濃密、最黝暗的森林裡；一到了那裡，夫妻倆便從偏僻的小路離開，把孩子丟在森林裡。小拇指一點也不擔心，因為他以為自己可以藉著他沿路丟下的麵包屑找到路回家。但是他很訝異居然一點麵包屑都找不到了，原來森林裡的鳥吃光了他的麵包屑。現在他們可就驚慌起來了，他們越是往前走，就越迷路，越深入森林裡。

這時天黑了，颳起了一陣狂風，這讓他們害怕得不得了。他們覺得四面八方都傳來了狼嚎，狼群會吞吃了他們。他們幾乎不敢開口說話，也不敢轉頭看。接著下起一陣大雨，將他們淋得全身濕透了。他們每走一步就會滑倒，跌進污泥裡，一站起來全身都髒兮兮，真不知道該怎麼辦才好。

小拇指高高爬到樹頂上，看能不能發現什麼。他四下環顧，看見了一點像燭火般微弱的亮光，但那亮光遠在森林之外。他從樹上下來，但一回到地面，就看不見那亮光了。他難過極了。不過，在他和哥哥往亮光的方向走了一段時間之後，他們在走出森林時又看見了那亮光。他們一路受盡驚嚇，因為每當他們走到低窪處時，那亮光往往就消失——他們最後終於來到了那間發出微弱燭光的房子。

他們敲了敲門，一位慈祥的婦人來開門。她問他們想要什麼。小拇指對婦人說，

一位慈祥的婦人來開門。

他們是在森林裡迷了路的可憐孩子，希望婦人能發發善心，讓他們住一晚。這個婦人看這些孩子長得這麼可愛，不禁掉下眼淚來，對他們說：

「唉，可憐的孩子，你們是從哪裡來的？你們可知道這裡是食人妖魔的家？他會吃掉小孩的。」

和他哥哥一樣全身都在打顫的小拇指回答她：「唉，太太，我們該怎麼辦呢？如果你今天晚上不收留我們，我相信森林裡的狼就會把我們吃掉。所以，我們寧願讓這裡這位先生把我們吃掉。再說如果你向他求情，說不定他會可憐我們。」

食人妖魔的妻子認為自己應該能夠把孩子藏起來，欺騙她丈夫到隔天早上，便讓他們進門了，還讓他們在火爐旁暖暖身子。火爐上正烤著一隻全羊，是食人妖魔的晚餐。他們身子稍微暖和一點時，忽然聽見三、四聲重重的敲門聲。原來是食人妖魔回來了。他妻子立刻把孩子藏在床底下，便去開門。

食人妖魔先問他妻子晚餐是不是準備好了、酒是不是倒好了，然後就坐到餐桌旁。那隻烤羊還淌著血，但他覺得這樣比較好吃。他左聞聞，右嗅嗅，說他聞到了新鮮的肉味。

他妻子對他說：「你聞到的一定是我剛宰了的那頭小牛犢。」

食人妖魔斜眼看著他妻子，說：「我再對你說一次，我聞到新鮮的肉味。這裡有些什麼我不明白的東西。」說著，他就站起身，直直往床邊走去。

他說：「啊，可惡的女人，你竟然想騙我！我心裡很清楚為什麼我沒吃掉你，那都是因為你是個老骨頭。嗯，這些獵物來得正是時候，這幾天我正好要招待我三位食人妖魔的朋友到家裡吃飯。」

食人妖魔把他們一個一個從床底下拉出來。可憐的孩子跪下來請求他放過他們。但他們遇見的這位食人妖魔是世界上最殘酷的妖魔，他一點也不憐憫這些孩子，兩隻惡狠狠的眼睛彷彿已經要吞吃了他們。他告訴他妻子，等她把他們淋上可口的調味汁，那就會是最美味的食物。他去拿了一把大菜刀，走到這些可憐的孩子身邊來。他左手拿著一塊磨刀石，磨著大菜刀。在他抓住其中一個孩子時，他妻子對他說：

「你幹嘛今天就殺了他們？你還怕明天早上沒時間嗎？」

他聞到了新鮮的肉味。

食人妖魔說：「你閉嘴，這樣他們的肉會比較鮮嫩。」

他妻子又說：「但你這裡還有這麼多肉可吃，你看有一隻牛犢、兩隻羊，和半隻豬呢！」

食人妖魔說：「你說得對。餵他們吃頓晚餐，免得他們變瘦了，然後帶他們去睡覺。」

他妻子開心極了，拿東西給孩子們填飽肚子，但是他們心裡還很害怕，怕得吃不下東西。食人妖魔喝起酒來，很高興自己能有好吃的招待他的朋友。他比平常多喝了十幾杯酒，不禁頭昏起來，不得不去睡覺。

食人妖魔有七個女兒，她們都還是小孩子。每個小食人妖魔的臉色都非常紅潤好看，因為她們都跟爸爸一樣吃新鮮的肉。不過她們都有著小小圓圓的灰色眼睛、鷹勾鼻，和一張大嘴巴，嘴巴裡有長長的尖牙，每顆牙間的隙縫很大。她們還不是很殘暴，不過將來很可能也變得殘暴，因為她們已經會啃咬小孩、吸他們的血了。

食人妖魔讓女兒們早早就上床睡覺，她們七個女孩同睡在一張大床上，每個人頭上都戴著一頂金皇冠。在房間裡，還有另外一張同樣大小的床，食人妖魔的妻子就讓七個男孩睡在這張床上。讓他們安睡後，她就在她丈夫身邊躺下。

小拇指注意到了食人妖魔的女兒頭上都戴著金皇冠，而且他擔心食人妖魔終會後悔沒在當晚就殺了他們，於是他在半夜裡起了身，把戴在哥哥和他自己頭上的睡帽取下來，然後取下戴在小食人妖魔頭上的金皇冠，把金皇冠戴到哥哥和他自己的頭上，再把睡帽戴到小食人妖魔的頭上。他想這樣食人妖魔就會把他們認做是自己的女兒，把他的女兒認做是他想要殺掉的小男孩。

事情果然如他所料，食人妖魔在深夜醒來，後悔自己竟要在早上才殺了他們，而沒在晚上就動手。於是他突然跳下床，拿起他的大菜刀。

他說：「讓我們來看看那些小傢伙現在怎麼樣了，我可再也等不及了。」

他上樓來，在女兒的房間裡摸黑前進，走近小男孩所睡的那張床。除了小拇指還醒著以外，他的哥哥全都睡著了。食人妖魔用手摸了摸每個小男孩的頭，這讓小拇指心裡非常害怕。食人妖魔摸到了金皇冠，他心想：

「還好，我差點鑄下大錯。我一定是昨晚酒喝多了。」

接著他到他女兒的床邊去，他摸到了小男孩的睡帽。

他說：「啊，他們在這兒，我的小傢伙！我這就動手了。」

話才說完，他就毫不猶豫地割斷了他七個女兒的脖子。心滿意足的他回到了妻子旁邊，再次睡下。不多久，小拇指就聽見了食人妖魔的打呼聲，他叫醒了哥哥，要他們趕快穿好衣服，隨著他走。他們悄悄來到花園，跳過圍牆離開。他們幾乎整夜狂奔，全身不停地發抖，卻也不知道要跑到哪裡去。食人妖魔醒來以後，對他妻子說：

「你到樓上去，幫昨天那些小傢伙打理打理吧。」

食人妖魔的妻子見她丈夫變得這麼好心，心裡很訝異，一點也沒想到她丈夫所謂的打理是什麼意思，只以為他是要她幫他們穿衣服。她一到樓上，看到了七個被割斷脖子的女兒躺在血泊中，很是震驚。她立刻昏倒了（因為不管哪個女人遇見這種情況，第一個反應必然是如此）。食人妖魔擔心他妻子花太多時間為他打理那些孩子，便上樓來，想幫她的忙。當他看見這可怕的一幕時，他的震驚絕不亞於妻子。

他大喊著說：「啊，我做了什麼好事啊？那些傢伙，他們要為此付出代價。而且立刻就要。」

他立刻在他妻子臉上潑了一盆水，讓她清醒過來。

他對她說：「趕快把七里靴給我，好讓我把他們追回來。」

於是他出發去找他們。他到處跑來跑去，東找西找，最後來到一條小路，而孩子就走在同一條路上，離他們爸爸家只有不到一百步的距離。他們看見了食人妖魔從一座山跨過另一座山，還輕鬆地穿越大河，就像穿過最細小的溪流一樣。小拇指看見了他們附近有一顆有凹洞的巨岩，便把他六個哥哥藏在凹洞裡，然後自己也藏了進去，他還隨時留意著食人妖魔的動靜。

食人妖魔白白跑了好一段路，這時他覺得累得不得了（因為穿著七里靴會讓人疲累不堪），他想要休息一下，碰巧，他剛好就坐在男孩躲藏的巨岩上。食人妖魔實在是累得不能再累了，不久他就在巨岩上睡著了，打呼打得很大聲，這讓男孩們

他出發……來到一條小路。

很驚恐，就像昨晚食人妖魔舉起大菜刀要割斷他們脖子時那樣驚恐。小拇指倒是比較不害怕，他對哥哥們說，趁著食人妖魔睡得正沉時，趕快跑回家裡去。而且他要哥哥們不必為他擔心。哥哥們聽從了他的建議，快步跑回家。

小拇指走近食人妖魔，輕輕脫下了他腳上的七里靴，把它套在自己腳上。本來又長又大的七里靴因為被施了魔法，所以它會根據穿的人的腳變大或變小；穿在小拇指腳上時因此變得大小剛剛好，就好像是特別為他定做的一樣。他直直走向食人妖魔的家，看見食人妖魔的妻子正為她被殺死的女兒而痛哭。

小拇指對她說：「你的丈夫身陷危險，因為他被一群強盜捉走了，這群強盜說，要是他不把他所有的金銀財寶交出來，他們就要殺了他。正當他被他們用短劍抵著喉嚨時，他恰好看見了我，他請我來告訴你他現在的處境，並要你拿出所有有價值的東西，一點也不留，否則他們會毫不容情地殺了他。因為情況緊急，所以他要我穿上他的七里靴，趕緊來通知你，這樣你也可以知道我不是騙人的。」

這位善良的女人嚇壞了，她立刻把所有的金銀財寶都給了小拇指，因為雖然食人妖魔會吃小孩，但他卻是個不錯的丈夫。小拇指於是帶著食人妖魔的錢財回到了他爸爸家。他爸爸媽媽都很高興地歡迎他回家。

有許多人並不同意故事的這個結尾，並表示小拇指並沒有偷走食人妖魔的錢財。事實上，對於偷走食人妖魔的七里靴，小拇指一點也不覺得心不安，因為食人妖魔只會用它來追捕小孩。

這些人肯定地表示他們根據可靠的消息來源知道了故事正確的版本，而且這是他們在樵夫家裡吃吃喝喝時聽來的。他們肯定地表示，小拇指在穿上了七里靴後，他跑到了王宮去，因為他聽說國家發生戰事，戰場就在離王宮兩百里的地方，王宮裡的人非常擔心戰事的結果。他們說，小拇指來到國王面前，對他說：要是國王希望如此，他可以在晚上以前把消息帶回來。國王答應他，事情如果辦成了，他會賞賜小拇指一大筆錢。當天晚上，小拇指便帶回戰場前線的消息，這次任務成功讓他出了名，從此所有他想要的他都能得到。

國王要他傳遞命令給軍隊，國王也為此付給他豐厚的酬勞。另外，許多女士也

小拇指帶著食人魔的錢財回家。

付給他所有他想要的，只求他為她們帶回戰場上情人的消息，這對小拇指來說，又是一大筆收入。還有一些女士也請他把書信傳她們丈夫手中，但她們所付的酬金就少得可憐，少得他也懶得去算他從這些女士那裡到底賺了多少。

做了一陣子信差後，他賺得了不少錢，於是他回到爸爸家，他家人都快樂地迎接他回來。他讓家人生活無虞。他為爸爸和哥哥買了官銜，讓他們取得社會地位，從此安定下來，同時他自己也為國王帶來了榮光。

寓 MORALITÉ 意

家裡養了許多個孩子，
做父母的絕不會苦惱，
尤其當他們全都長得好看、健康、高大，
而且聰明外顯，
不過要是他們當中有一個特別瘦弱，
或是不太會說話，
這孩子就會受到輕視，
大家會嘲笑他、辱罵他。
但是有時候這個瘦弱的小傢伙，
會為全家帶來幸福。

散文詩

吉賽麗底斯

GRISELIDIS

在義大利，於幾座著名大山的山腳下，
涓涓細流從蘆葦底下流出，
匯聚成波河初生的河水，
流到了附近的鄉野。
這裡住著一位年輕又勇敢的國王，
他為全境子民所愛戴。
上天將稀有的優秀品質賜予了他，
這些品質本來只部分賜給上天的親密好友，
或是只賜給偉大的君王。

所以不管在身體或心靈方面，他都得天獨厚，
他身體強健、機靈敏捷，而且驍勇善戰。
他更是雅好文學藝術，
心中對此熱火不熄。

他喜愛搏鬥，喜愛勝利，
喜愛偉大的計畫、英勇的作為，
喜愛所有讓他在歷史留名的事功。
但他心腸軟，為人慷慨，
因此他更認為使他的人民幸福
是他最大的光榮。

他這種英雄氣概，
卻蒙著一層陰影，
這層抑鬱又憂愁的陰影
讓他深心裡認為，
所有的女人都是不忠實而善於欺騙。
即使是一個有罕見美德的女子，

他都認為她是虛偽。
是傲慢自大，
是他殘酷的敵人，
一心只想掌控他、支配他，
支配這個不幸落在她手上的可憐男人。

處在這個常見到丈夫受欺壓或是受到背叛的世界中，
尤其處在這個善嫉成風的國度中，
更加深了他對女人的怨恨。
他不止一次地發誓，
即使上天善意待他，
賜給了他一個又美麗又有德的女子，
他還是不會邁向婚姻之途。

因此，他早上忙於國政，
很明智地處置所有必須辦理的政務，
讓國事順利推展。
他讓弱勢的孤兒、受壓迫的寡婦權益得到保障；
他也廢除了過去強行加徵的戰爭稅。
到了下午時間，他就前去打獵。
面對野豬和大熊，
儘管暴烈，並有獠牙利爪，
但和他總是避開的富有誘惑力的女人比起來，
他還比較不驚惶。

這時候大臣們為了自身的利益都催促他
要快快擁有一個繼承人，
好使其子有一日也能像他一樣賢明統治。

大臣們不斷地向他如此進諫。
有一天王宮裡群臣推派代表，
再一次懇請國王聽取建言；
有一位老成持重的辯士，
他是當朝最善辭令的演說家。
他說了在此情況下所有能說的話，
還特別強調了大臣們心中之迫切，
大家想快快看到國王育有子嗣
使他們的國家昌盛繁榮，長長久久。
他最後甚至還說，
他看到天上有一顆新星，
是從國王純潔的婚姻中誕生的，
這顆新星讓新月都顯得蒼白無色。

國王是這麼回覆大臣的懇請，
他以單純的語調輕柔地說：

今天我看到你們是如此懇切關心我的婚事，
我為此感到開心，
因為這是你們忠於我的證明，
我為此十分感動，
希望明天即能滿足各位的心意，
但是依我看，婚姻這件事，
一個人越是謹慎，就越難成事。

你們仔細看看那些年輕的女孩吧，
在她們還未出嫁時，
一個個既有德行又善良，

而且羞怯靦覥、誠懇坦白，
但一旦邁入婚姻，
這些假面具一一揭穿；
她們認為既然命運已定，
就用不著再裝馴服，
她們拋開了之前的偽裝；
每個人在她的婚姻中，
各自隨自己的性格承擔自己的命運。

例如有個女孩性格陰鬱，
什麼都不能讓她愉悅起來，
她還轉向宗教，十足虔誠，
她還時時喊叫，怨天尤人；
再如另一個女孩愛打扮，衣著入時，

喜歡道聽塗說，嚼舌根，
她的情人數不勝數；
再如另一個女孩極端地喜好藝術，
自命不凡地地評斷一切，
就連最出色的作家她也要評斷，
更自命為才女；
再如另一個女孩深陷賭博之樂，
她輸光了一切，金錢、珠寶、戒指、有價值的家具，
甚至連錦衣美服都輸盡。

這些女孩儘管作為有所不同，
但我發現有一件事，
她們個個樂此不疲，
就是都喜歡在家中發號司令；

不過我認為在婚姻中，
如果夫妻兩人都要掌權，
我們是不可能過得幸福安寧。
所以，如果你們真希望我走進婚姻，
那麼就去找來一位年輕美人，
她既不驕傲，也不虛榮，
還要百依百順，
堅忍到底，
更沒有自己的意志，
等你們找到這樣的人，我就會娶她。
國王在說完這番高論後，
即刻騎上馬背，
呼嘯著，狂奔而去，
去和在草原中等著他的獵人、獵犬會合。

國王在穿越牧場和田野後，
找到了陪他打獵的獵人躺在青草地上，
他們全都起身，準備停當，
他們吹起號角，讓森林中的動物戰戰兢兢，
獵犬跑著、吠著
來來回回在草叢中穿梭不停。
還有眼睛發著熱火的獵犬，
牠們嗅到了獵物的味道，便回到了隨從身邊，
眼睛一邊看著隨從，一邊拉著他們往前進。

國王從他的一位隨從那裡得知，
一切都準備停當，而且也追逐到了野獸的蹤跡，
國王立刻下令開始圍獵，

命人要獵犬追捕雄鹿。
這時號角聲響起，
駿馬嘶鳴，
激奮的獵犬狂吠，
讓整座森林喧囂、混亂，
再加上回音不斷，
這喧噪之聲一直傳到了森林最深處。

也許是出於偶然，也許是命中注定，
國王走上了一條偏僻小徑，
跟他前來打獵的獵人全都沒跟在他身後，
他越是往前跑，就越是遠離獵人、獵犬；
最後他完全迷了路，
連一點狗吠聲、號角聲都聽不見。

此番歷險將他帶到了一地，
此處溪水清澈、綠蔭深深，
他不禁暗暗心生畏懼；
而大自然的純淨、質樸，
身在其中只見其美麗與純粹，
國王反而慶幸自己迷了路。

他滿心遐想起來，
大森林、溪水與草地讓他心中安寧，
突然，他的心一動，眼睛發亮，
因為他見到了一個讓人愉悅的美人，
一個最柔和、最可愛的人兒，
他從未見過像這樣的人。

原來這是一位年輕的牧羊女，
她正在溪水邊紡著紗，
她一邊看守著羊群，
一邊用她機敏的雙手
轉動著紡錘。

她很可能征服最不馴服的人的心，
她臉龐淨白，像百合花。
她天然的青春氣息
從小樹林的陰影中飄散而出。
她的雙唇保有了童年的純真，
她棕色的眼皮下有一雙溫柔的眼睛，
眼睛藍得比天空還藍，

也比天空更燦爛。

亢奮無比的國王潛入了小樹林中，
心旌動搖地凝視著眼前這位美人，
但是他在經過時發出了聲響，
美人轉過頭來看見了他。
她發現有人在注視自己，
臉上頓起紅暈，一片熾熱，
這使得她容光更加煥發，
在她乍紅的臉上
現出一股羞怯。

她這可人的羞怯好像蒙上了一層無邪的紗，
國王從中見到了她簡單質樸的性格，

見到了她的溫柔與誠摯，
他原本以為女人是不可能有這些特質的，
而現在他卻驚覺其美好。

這種全新的感覺讓他心驚，
他愣愣地靠近牧羊女，而且比她還畏怯。
他聲音發著抖地對她說：
他失去了陪他打獵的獵人、獵犬的蹤跡，
他請問她可曾看見
有獵人從這樹林附近經過？

她說：陛下，在這個人跡罕至的樹林中，
我沒看見人經過，
只有你一人來到了此地；

不過你別擔心，
我會帶你到你熟悉的道路上。

他對她說，我今天真幸運，
我怎麼謝謝老天爺都不夠，
很久以前我就常到這個地方，
但直到今天我才明白
這地方美妙神奇。

這時候，她看見國王彎下身，
彎身在潮濕的小溪邊，
想要喝喝溪裡的水
以解他焦躁的渴。
她說：陛下，你等一等。

她立刻跑回家去，
從她家裡取來了一只杯子，
她心裡歡喜、動作優雅，
把這只杯子遞給了剛結識的有情人。

水晶、瑪瑙做的寶貴杯子，
上面綴著閃亮金塊，
精雕細琢，工藝非同尋常，
但這時對他而言這不過是虛有其表，
遠不如牧羊女這時給他的這只陶杯美麗。

這時候為了走一條方便的道路，
好讓國王回城裡，
他們越過了樹林、爬過了陡峭的巨岩，

並渡過湍急的激流，
國王走上這條新奇的小徑時，
總是仔細觀察四周的一切。
他心裡懷著愛意，
期待能再回到這裡，
便在心裡描繪了無誤的路線。

牧羊女領他來到了
一片清涼又黝暗的樹林間，
從濃密的樹枒間望過去，
他看見遠處的平原上
有他美麗宮殿閃著金光的屋頂。
要和他的美人分手

讓他心生痛苦，
他緩緩踱步，慢慢遠離她，
心如被愛情之箭射中一般，
他一路上回憶著這次溫柔的遭逢，
心中喜樂地回到了王宮。
但第二天他又覺得心中受傷，
感到十分煩悶憂傷。

他只要一得空便前去打獵，
他機靈地擺開隨從，
刻意讓自己快快樂樂地迷路，
他曾經仔細觀察的樹顛與山峰，
還有在暗中啟示他的忠實愛神，
儘管路途錯綜複雜，

還是領著他來到了年輕牧羊女的住處。

國王探知了她只與父親同住，
她的名字叫做吉賽麗底斯，
她和父親只靠著羊奶維生，
以及靠她一人紡紗，
為自己紡製新衣，
遠離城市自食其力。

他越是見她，就越被她美麗的靈魂，
煽得心裡愛火越是旺盛，
他看她擁有那麼多寶貴的天賦，
他知道如果牧羊女如此美麗，
是因為從她發出星火的眼睛中透露了她的為人。

他為自己初次的愛戀如此非凡而喜不自勝；
他一刻也不能等，
當天就召集了大臣，對他們宣告：

我聽從你們的建議
終於要面對婚姻，
我不娶外國的女子，
我要在我子民中選一位美麗、賢慧、出身良好的女子，
就像一代代的先王不只一次做過的那樣。

不過我要等那盛大的日子來臨，
再向你們宣布我的選擇。
消息傳開來，

全境都知曉了。
百姓歡欣鼓舞，
那熱烈之程度難以盡述。
最高興的莫過那位辯士，
他認為是自己的慷慨陳詞促成了這件好事。
他認為自己舉足輕重！
他心裡不斷對自己說，只有滔滔雄辯能夠服人。

讓人開心的是看全城的女子，
她們為了吸引國王選擇自己使出千方百計，
但她們一番打扮都白費心思，
因為國王說過千百次，
只有純潔、簡樸才有魅力，
要吸引他只有此一途。

城裡的女子因此改變了穿著、舉止，
連咳嗽也裝出虔誠的樣子，
她們讓自己聲音變柔和，
她們讓頭髮不再那麼高聳，
讓衣服遮住胸脯，讓衣袖加長，
使別人幾乎看不見她們的手指頭。

婚禮吉日就要來臨，
城裡一片繁忙景象，
所有的工匠都勤奮工作，
這裡，有人打造豪華的馬車，
形制是新奇的式樣，
既美麗又設計高超，

車身到處金光閃爍，
華美異常；
那裡，有人在修築看台，
好讓人一眼能看盡
所有精彩的婚禮盛況；
這裡，正在建造高高的凱旋門，
好讓戰功彪炳的國王慶祝他的光榮，
以及慶祝愛神為他帶來的光輝勝利；

那裡，正以精巧的手藝製造煙火，
這些煙火是無害的雷電，
它震攝大地，
讓千百顆新生的星星照耀夜空；
那裡，正有一場精彩的芭蕾，

精心為這這愉悅氣氛加添盛景；
那裡，有一場歌劇，演出了千百名神祇，
這齣歌劇是義大利從未有的曼妙演出，
美妙的旋律處處傳唱。

最後眾人等待的婚禮吉日，
這盛大的日子就此來到。

這天天色純淨、天氣晴朗，
晨曦的紅霞才現，
蔚藍天空上便有一輪金色的太陽。
天一亮，到處有女子起了床。
好奇的子民從四面八方湧來，
衛兵們在不同地方站崗，

以阻止大家靠得太近，
並迫使大家讓出路來。
整個王宮裡響起號角、
長笛、雙簧管和風笛。
王宮四周只聽見
鼓聲隆隆、軍號陣陣。

國王終於在大臣的簇擁下走出王宮，
人群間湧起一陣長長的歡呼，
但是看見國王忽然轉了個彎讓大家很訝異，
他轉彎走向鄰近的森林，
一如他平日打獵時那樣；
大家說，看哪，管他什麼愛神不愛神，
他所喜愛的打獵

還是佔了上風。

他飛快地穿越平原野地，
攀上高山，
他走進樹林間，
陪伴他而來的隨從都很吃驚。

在繞了幾個彎之後，
他愛意綿綿的心認出了，
他溫柔意愛的女子所住的
那鄉間小屋舍。

早有信息女神告知了
吉賽麗底斯皇家婚禮的消息，

她穿上了她最華美的衣服，
想要去看那冠冕堂皇的婚禮，
她這時正從她簡樸的小舍走了出來。

國王見了她，對她說：
你腳步輕盈而飛快，是要往哪裡去？
他含情脈脈地看著她，
還接著說：可愛的牧羊女你別匆忙，
你要去觀禮的那場婚禮，我是新郎，
婚禮若沒有你就無法舉行。

是的，我愛你，我選擇了你
從千百名年輕美女中選擇了你，
要是你不拒絕我的話，

我要和你共度餘生。
她說：啊，陛下，我真不敢相信
我竟然會蒙此榮耀，
想必是你在開我玩笑。
他說：不，不，我真心想娶你。
再說你父親也已同意。
（國王已事先徵得他的同意）。
牧羊女，同意我的求親吧，
這是你所要做的。
不過為了我們之間永遠和睦，
永遠兩情相繫，
你必須對我立下誓言，
就是一輩子以我的意志為意志。

她說：我立誓，我答應你。
如果我嫁給村裡的普通村民，
我也會順服，他的枷鎖不會太難承受；
那麼，如果我嫁給了國王你，
你成了我的丈夫，
我難道不會更加順服嗎。

於是國王宣布了他的婚事，
大臣們為他的選擇歡呼鼓掌。
國王命令為牧羊女梳妝打扮，
為她戴上王后的首飾，
被吩咐做這些事的貴婦們
走進了牧羊女的小屋舍，
認真地用她們所有的技藝

把牧羊女打扮得款款動人。

在這擠滿人的小屋舍裡，
貴婦們讚嘆個不停，
說這裡雖窮困，
卻整潔優雅。
這間鄉間小屋舍
屋外有懸鈴木樹蔭覆蓋，
在貴婦們看來像是仙女施了魔法的宮闕。

最後，光彩照人的牧羊女
盛裝走出小屋舍；
人們紛紛鼓掌
讚嘆她的美貌、她的裝束；

但是在這華服之下，
卻讓國王回想起牧羊女平日的裝扮，
那象徵她天真、純樸的普通衣裳。

在裝飾著黃金與象牙的高大馬車上，
牧羊女端莊優雅地坐在其中；
國王也自豪地登上馬車，
榮耀滿滿。
他看自己作為戀人坐在她身邊，
得意得就像打勝仗班師回朝一樣。
大臣們隨著馬車前進，
根據他們的職分與血統排列成伍。
全城的人盡皆上街，
把附近的田野擠得水泄不通。

大家聽說了國王擇定了王后，
全都焦急地等著國王返回王宮。
國王出現了，大家迎上前去，形成了厚厚的人牆，
群眾阻礙了馬車前進，只能緩緩前行。
長長的歡呼聲喧喧鬧鬧，
使馬兒激動不安起來，
一會兒高高蹭起、一會兒頓足，
與其說在前進，不如說是後退。

最後終於來到了教堂，
新郎新娘結了良緣，
彼此海誓山盟，
兩人的命運就此連結。
接著他們來到王宮，

有千百種遊藝正等著他們，
跳舞、玩牌、賽馬、各式的競賽，
宮裡宮外，到處都是歡樂氣氛；
直到晚上，金髮的婚姻之神
才以其溫柔的貞潔宣布婚禮圓滿完成。

第二天，城裡各行各業的人都傾巢而出，
各派了代表帶著賀詞來恭賀國王與王后。

身邊圍繞著貴婦，
吉賽麗底斯鎮靜自若。
她以王后的身份聽她們說話，
以王后的身份回答她們。
不管她做什麼都深思熟慮，

老天爺似乎給了她豐豐富富的無價珍寶，
她藉著自己的聰明才智，
很快就在上流社會中舉止得宜，
甚至從第一天開始，
對於宮廷貴婦們的才能、性情，
她就深深瞭解。
於是她憑藉著自己的才智，
輕而易舉地掌握了她們，
這比她過去掌握羊群還來得容易。

到了年底，愛情有了美好的果實，
上天祝福他們有了子嗣；
但生下的並不是大家所期盼的王子，
而是一位美麗的小公主，

大家都希望她長命百歲。
國王見小公主溫存、迷人，
時不時來探望她，
王后心裡更是高興，
總不停凝視著小公主。
她想要自己撫養小公主，
她說：啊，我怎麼能不這麼做，
她的哭聲呼喚著我，
我怎麼寡情對她？
我怎能違背天性，
對我所愛的女兒，
我只當一半的母親？
或許是國王愛火不再炙熱，

再沒有初日的熱情，
也或許是他舊日的憂鬱氣息
又重新被燃起，
這厚厚的一層煙霧，
遮蔽了他的理智與他的心靈。
以致王后所做的一切，
在他看來都不帶誠心。
她高尚的品德反而傷害了他，
他認為這是為自己的輕易信任她所設下的陷阱；
他情緒不安，精神恍惚，
開始聽取他人的猜忌之言，
便對自己莫大的幸福
產生了疑問。

國王為了醫治心頭的憂鬱，
他開始跟蹤王后，觀察她，並愛去騷擾她，
設置種種障礙約制她，
製造恐慌來嚇唬她，
想盡辦法讓她分不清事實與虛假。
他說：我讓她哄騙夠了；
要是她真是有品德，
那麼最難忍受的對待，
只會使她的品德更加高尚。

在王宮裡，他限制王后的活動，
不讓她接近各式娛樂活動，
在寢宮，王后一人獨居，
他幾乎讓她不見天日。

他更認為美麗服飾與配飾
這些大自然創造出來要讓女人取悅他人的東西，
是使人迷醉其中而不自覺的魔法，
他粗暴地向她索回
珍珠、紅寶石、戒指，和珠寶，
這些是他在從情人成為丈夫時送給她的，
為表示他對她溫存的愛意。

王后一生清白，沒有污點，
也沒有別的眷戀，
她只知道要盡妻子的本分，
在還丈夫美服、珠寶時一點也沒怨言，
甚至就像她一開始高高興興地接受它們一樣，
這時也高高興興地還給他。

她說，夫君折磨我是為了考驗我，
我很清楚他之所以讓我受痛苦，
是為了喚醒我現在顯得無精打采的美德，
因為長時間的安逸會使人墮落。
要是他並不是這樣打算，
至少我確定這是我的上帝在幫我引路，
讓我經受這漫長而惱人的痛苦，
不就是為了證明我的真誠與堅貞。

世上多少可憐的女子，
只聽從自己慾望的驅使，
在千百條危險的道路上，
只知道做種種空虛的歡樂夢；
上帝的公正來得緩慢，

讓這些可憐的女子在深淵徘徊，
一點也不在乎她們身涉險境，
他純粹是出於崇高的善意，
才選中我做他所愛的孩子，
並且執意糾正我的錯處。

所以讓我們來愛他極端殘酷的嚴正吧，
我們越是受苦，心中就越是快樂；
就讓我們愛他如慈父般的仁慈吧，
以及愛他所使用的各種方法。

看王后一一遵行他所有專橫的命令，
國王還是無動於衷。
他說：我看見她虛假品德的底蘊，

這使得我對她所有的考驗都流於表面，
因為這些考驗只觸及她不痛不癢的所在。
年輕王后全心的愛都在小公主身上；
如果我的考驗要有成效，
我就應該放在這一點上，
這樣我才能知道實情。

王后剛餵完奶，
以她熾熱的母愛哺餵心愛的小公主，
小公主躺在她懷中與她玩耍，
小公主笑著看著她。
國王對她說，我知道你很愛小公主，但是
雖然公主年紀還小，我還是得將你們分開，
以便養成她的好品德，

以免她染上你的某些壞習性；
幸運的是我找到了
一個聰慧的女子可以養育小公主，
讓她懂得應有的美德與所有的禮儀；
快做好準備離開孩子吧，
一會兒就有人會來將她抱走。

國王說完這番話就丟下王后，
既沒勇氣，也不忍心
看別人從她懷中抱走
他們愛情的唯一結晶；
王后臉上沾滿淚痕，
在這難以忍受的憂鬱中，
等待著那災難般痛苦的時刻。

一位大臣來到王后面前，
他奉命做這件可悲又殘忍的事。

王后對他說：她會聽命；
她抱起孩子仔細端詳
並在熱烈地親了親她臉頰，
小公主溫柔地抱住媽媽，
王后哭著把孩子交給大臣。
啊，她真是心痛！
讓人從溫柔的母親胸懷中
奪走親生骨肉，
痛苦得簡直像是挖了她的心。

離城裡不遠有座修道院，
它以古老而聞名，
院中的修女生活嚴肅刻苦，
修道院院長以虔誠著稱。
就在這處寂靜的處所，
大臣沒說明公主的出身，
就把她安置在這裡，還留下了貴重的戒指，
想以戒指來報答她們對公主的悉心照顧。

國王其實心裡非常懊悔，
他藉著打獵來排遣心中悔恨，
他覺得自己過於殘酷，
害怕再見到王后的面，
就像害怕再見到虎子被奪取了以後的凶猛母虎；

然而王后對待他卻是溫柔、愛撫，
甚至她對他的這股柔情
就和她在最幸福的日子裡一樣。

被王后寬厚的心胸所打動，
國王不禁既懊悔又羞愧，
但是他依然憂心忡忡，
於是便在兩天後假裝流著眼淚
跟王后說他們所愛的孩子
被死神奪走，
好讓王后更深沉地受到傷害。

這意外的噩耗深深打擊了王后，
然而她儘管悲傷，

在看到她丈夫面如土灰，
她似乎忘了自己的痛苦，
而以無盡的溫柔
撫慰國王虛假的痛苦。

這樣的善良、這種無與倫比的熱情、
這種夫妻的情愛，
讓國王忽然放下了他嚴峻的心，
王后的表現讓他很感動、讓他改變了心意。
甚至讓他想要
告訴王后他們的孩子
還活得舒適安好；
但他疑慮又起，而且他高傲的心志
阻止了他透露祕密，

心想對她守口如瓶會有好處。

國王、王后兩人過得幸福快樂，
彼此溫柔對待，
即使年輕的戀人在最柔情的時刻，
也不像他們愛得熱烈。

太陽繞行十二宮，季節遞嬗，
十五年過去了，
沒有什麼能分開他們；
雖然有時國王心血來潮，
故意惹王后生氣，
但他這麼做的目的是
為了避免他們的愛意消退，

就像急於完工的鐵匠
為了讓炭火燒得更旺，
會在奄奄的火爐上澆上一點水。

在這時候，小公主已長大成人
她的聰明才智也隨之增長；
她像她媽媽一樣
溫柔純真，
她也從爸爸身上繼承了
讓人愉悅的性格與自豪之心志；
結合了父母兩人的優秀性格，
使得公主十分貌美迷人。

不管她到哪兒都如明星閃耀；

碰巧王宮裡有位年輕、
健朗、美如白晝的爵爺，
看見她出現在修道院的圍牆內
對她一見傾心。

公主也正好看見他在看她，
她看得出來自己已經成為他的意中人；
公主知道了有人溫柔地愛著她。

通常落入戀愛之前都會是抗拒，
所以她先是抗拒了一陣子，
然後就以同樣的溫柔
也愛上了他。

這位年輕的情郎並無可指摘，
他長得帥又勇敢，又出身名門望族，
國王早就對他另眼相待，
有心選他做自己的女婿。
所以在他聽說他和公主兩人
互相愛慕的消息時，
心裡非常高興。
然而國王這時卻心生怪念頭，
想讓他們兩人受痛苦，
以換取他們此生最大的幸福。

國王說，看他們開心，我自然也很高興，
但是得讓他們心生疑慮，
得用盡各種殘酷的手段

使得他們的情愛更堅貞；
我同時也要考驗我妻子，
考驗她的耐性。
這不是說直到今天
我仍然不信任她，
其實我已經不再懷疑她對我的情愛；
但是為了在世人面前顯現
她的善良、她的溫柔、她深沉的智慧，
以便讓她如此偉大、如此寶貴的天賦
全地都能得見，
進而敬重她，
並感謝上天賦於她如此的天賦。
國王於是公開宣布他因自己沒有子嗣，

國家後繼無人，
他和王后所生的女兒
又出生沒多久就去世，
所以他必須另從別處找到他的幸福；
他要娶的女子系出名門，
直到這日一直住在修道院裡，
在無邪的環境下生長，
他打算娶她為妻。

想也知道這可怕的消息對那兩位戀人來說
是多麼地殘忍。
接下來國王毫不顯露憂愁、也不顯露痛苦，
他告訴他忠誠的王后說，
他必須和她離婚，

以避免發生不幸；
因為人民不滿意她出身低微，
迫使他只好再娶世家之女。

國王說，你要回到
你的茅屋草棚去，
再次穿上我已經為你準備好了的
牧羊女的衣裝。

沉靜的王后一言不發地
聽著她丈夫的宣判；
但在她平靜的神色下，
其實心中痛苦非常，
不過痛苦並沒減損她的魅力，

她美麗的眼睛落下了大顆淚珠，
就好像在春回大地之時，
在出太陽的同時還落著雨。

她嘆息著說，人幾乎要昏倒：
你是我的丈夫、我的君王、我的主子，
不管我聽到的話是多麼可怕，
我只想讓你知道，
我最大的心願就是服從你的話。

王后立刻獨自一人走進她的寢宮，
脫下了她身上華美的服飾，
換上牧羊時所穿的衣裝，
她看來平靜，而且一言不發，

但她的心卻忍不住嘆息。
她穿著這身簡樸、低調的衣服，
來到國王身邊，對他說了這番話：
如果我惹你不快，而得不到你的寬恕，
我就無法平靜地離你而去；
我可以承受自己的苦難，
但君王啊，我承受不起你的震怒；
我已真心悔改，請你務必要寬恕我，
這樣我就能心甘情願地住在茅屋裡，
不管時間再久也不會改變
我對你的尊崇、我對你忠誠的愛。

在這一身簡樸的衣裝下，
是這麼地順服、這麼地靈魂高尚，

這時候國王也忍不住想起
他最初愛戀上她的情景，
他為王后的魅力深深感動，
幾乎就想再次把她留在身邊。

國王眼看著就要掉下淚來，
他開始走上前去，
想吻吻王后。
可是在這時候他心中突然升起一股傲氣，
一股頑固不化的傲氣，
這股傲氣壓過了他的愛情，
這使他粗暴地對王后說了這番話：
過去的一切我已經都沒有了記憶，

不過我很高興你覺得悔恨。
走吧，到了你該離開的時候了。

王后立刻就動身，她看著她的父親，
他也穿著一身粗布衣裳，
心裡痛苦萬分，
為這突如其來的變化而哭泣。
王后對父親說：回家去吧，回到我們幽靜的樹林，
回去住在我們簡樸的家，
離開豪華的宮殿一點也不遺憾；
雖然我們的茅屋一點不豪華，
但我們有更多的純真，
能得到真正的歇息、得到真正的安寧。

王后好不容易回到她的茅屋，
重新拿起她的紡錘，
在國王當時發現她的水邊
一樣紡著紗。
她的心平靜，不帶怨恨，
每天上百次懇求著上天
賜給她丈夫榮耀與財富，
滿足他所有的心願；
世上再也沒人能像她這樣
溫溫柔柔地愛著國王。

然而她朝思暮想的親愛丈夫
卻還想要考驗她，
他派人到她隱蔽的茅屋

說要她前來晉見國王。

她一來到國王面前，他便對她說，吉賽麗底斯，
明天我要在教堂裡
和她結婚的那位公主
必須對我、對你都滿意。
因而我要請求你悉心照顧她，
我要你幫我贏得新人的歡心；
你知道服事我該用什麼用的架勢，
一點都別簡省、一點都別小氣，
要讓一切顯得我是個國王，而且是個多情的國王。

你要用你所有的技巧
裝點她的新房，

要讓一切看來富麗堂皇、
看來整潔、有秩序。
總之，你要不斷地這樣想，
她是國王我溫柔地愛著的
一位年輕公主。

為了讓你更能盡心盡意
侍奉這個公主，
我想要在這時讓你見見
這位我請你服事的新人。

在東門邊升起了一輪初生的白日，
這時來了一位比白日更美的公主，
吉賽麗底斯來到她身邊，

心中忍不住一陣柔軟，
就如同起了一股母性的溫柔；
她不由得想起了
過去的時光、過去歡樂的日子；
她對自己說，唉，
如果老天保佑我的女兒，
她一定也像這麼大了，說不定也像這麼美。

對這位年輕的公主，
她有無盡的柔情、無盡的愛，
等公主一走，
她就憑著自己的直覺對國王說：
國王啊，你即將成為她丈夫的這位迷人公主

是出生在富貴、榮華之家，
她是無法忍受你讓我承受的這些痛苦。
我出身低微，使我在勞動中變得堅強。
我可以忍受所有的痛苦，
不以為苦，也毫無怨言。
但這位公主從未嘗過痛苦滋味，
只要對她說話的口氣稍稍嚴厲、稍稍刻薄，
她也會活不下去。
我求求你啊，我的君王，
一定要溫柔地對待她。

國王卻口氣嚴厲地回答她，
你還是想想該怎麼好好服事我吧。
一個牧羊女怎敢教訓起我來，

怎敢教我該怎麼做。
吉賽麗底斯聽他這麼說也不再作聲，
垂下眼睛離開了。

這時候應邀參加婚禮的爵爺們
從四面八方來到；
國王邀請眾人聚在堂皇的大廳，
可是在點燃花燭之前，
他卻對眾人說：

在這個世界上，除了希望以外，
再沒有什麼比外表更能使人上當的；
這裡就是一個活生生的例子。
你們當中誰不認為我娶了這個年輕公主

就能過得幸福、快樂？
但實情卻不是這樣的。

你們當中誰不認為
我這個喜愛榮耀的戰士，
我這個到處擊敗對手、贏回勝利的戰士，
不喜愛這個婚姻呢？
然而實情卻不是這樣。

你們當中誰會認為她正發著火，
吉賽麗底斯既不哭泣也不絕望？
她也不抱怨，對一切都贊同，
她只是一味忍耐到底。

你們當中誰不認為我要是娶了這個美麗的女子
就會人人稱羨，
沒有誰比我更好運的了。
然而如果我娶了這個女子
我便會是天下最痛苦的人。

這個你們認為難以理解的謎，
其實只需要我說兩句話就足以解謎，
只要兩句話就足以使你們瞭解，
為什麼如果我娶了這位公主會是我的不幸。

國王接著說：你們要知道，
你們以為讓我心旌動搖的那位可人兒，
其實是我的女兒；

我今天就要把我女兒嫁給這位年輕的爵爺，
他柔情地愛著我女兒，
我女兒也一樣愛著他。

你們還要知道，我睿智而忠誠的妻子，
她的耐心與熱誠
深深打動了我。
我過去曾無恥地趕走她，
現在我則要接她回來，
以便用最溫存的愛來補償
我之前因為嫉妒而對她的粗暴與野蠻。

我將用盡心思來滿足她所有的慾望，
而不再是整天心神不寧

來使她難過；
雖然我使她遭受痛楚，
她卻不曾被打倒
我還要大家談論她的榮耀，
因為她是如此的有德行。

就像是有濃厚的烏雲
遮蔽著漆黑的天空，
有暴風雨惶惶然的威脅；
這時如果有一陣風吹走烏雲，
讓太陽明亮的光線
重新照耀鄉野，
一切都歡欣鼓舞、美麗如常，
在人們原本悲傷的眼中，

突然閃現了喜悅，

國王這番簡短的說明，
讓年輕的公主喜出望外，
她得知自己原是國王所生，
便跪在父親腳前熱烈地親他。
國王為自己有這樣親愛的女兒也心生感動，
他扶起她，親吻她，把她帶到她母親前，
王后滿懷激動之情。
曾受盡委屈的她
心中久久難以平復，

對再多痛苦遭遇也無所畏懼的王后，
這時卻承受不起歡喜；

她勉強抱住上天送還給她的孩子，
眼淚忍不住漱漱流。

國王對她說，你以後會有足夠的時間
再敘你的骨肉之情；
你趕快換上你王后的衣裝，
我們現在要為女兒舉行婚禮。

新郎、新娘被領進教堂，
他們彼此山盟海誓，
以無比柔情愛著對方，
他們從此結為夫妻。
接下來是各種娛樂和壯觀的比賽，
有遊戲、有舞蹈、有音樂

還有盛大的宴席。
可是大家的目光都聚集在吉賽麗底斯身上，
她的耐性受到了考驗，
齊聲受到了大家的讚揚。
歡喜洋洋的人們也對他們任性的國王獻上讚美，
甚至讚美他對王后殘酷的考驗，
說正是因為他的考驗，
王后才獲得如此崇高的美德，
成就了完美的典範。

・散文詩・

愚蠢的願望

LES SOUHAITS RIDICULES

從前的從前有個可憐的樵夫，
他厭倦了自己過著艱困的日子，
心裡便很想到冥河邊去長眠；
他認為自從他降生在這個世上，
殘酷的上天就不曾滿足過他半個願望。

有一天他在樹林裡忍不住抱怨了起來，
這時候手執閃電的天神朱庇特出現在他面前，
不用說，這位樵夫見狀，心裡十分驚嚇。
他撲倒在地，說：我什麼也不要，
不要任何願望，也不要閃電，
天神啊，讓我們互不侵犯。

朱庇特說，你別害怕，

手執閃電的天神朱庇特出現在他面前。

我被你的怨言所觸動，所以就來了，
我想要讓你知道你錯怪我了；
聽我說，我是全世界的主宰，
我答應要幫你實現三個願望。
不管你許什麼樣的願望都行；
你看看什麼樣的願望能讓你快樂起來，
什麼樣的願望能讓你得到滿足；
你的幸福完全取決於你的願望，
所以在許願之前可得好好想想。

朱庇特說完這番話，又回到了天上去；
喜不自勝的樵夫扛起柴捆回家去，
他覺得背上的柴捆輕省多了。
他邊走邊想，這件事情重大，

可不能輕率下決定，
讓我回家問問老婆的意見吧。

他一回到茅屋，就大聲嚷著說：
快啊，芳頌，快起火，快煮些好吃的。
只要我們許下願望，
就能從此發了財。

他向妻子說明了事情的經過，
聽完這話，他性格急躁的妻子
心裡早已浮現千百個願望；
但她一想此事事關重大，
一定得小心行事，她便對她丈夫說：
「布萊茲，我親愛的丈夫，
我們別急躁，以免搞砸了這件事，

我們好好商量該怎麼應對這件事；

我們不如明天再許下第一個願望。

睡前讓我們再好好想想。」

布萊茲回答她：「我也是這麼認為。

不過就讓我們開瓶酒來慶祝吧。」

他坐在爐火邊喝了酒，

酒香火旺，覺得舒暢無比，

他靠著椅背，情不自禁地說：

「趁這火燒得旺，

真希望能配上一串豬血香腸！」

他剛一說完這話，

他妻子就很吃驚地發現，

一串長長的豬血香腸就從火爐邊上

蜿蜿蜒蜒地伸到她面前，
嚇得她驚聲大叫；
不過她想到這全是因為她丈夫愚蠢，
不小心許了一個願望所引起的，
她便氣急敗壞地咒罵她可憐的丈夫。
她說：「我們本來可以得到一個帝國，
有金塊、有珍珠、有寶石，
有鑽石，和華美的衣裝。
可是你幹嘛只要了一串豬血香腸？」
他說：「我錯了，我錯許了願望，
我犯了一個可怕的錯誤，
下次我一定好好許願。」
她說：「夠了，夠了，怎麼有這麼蠢的人。
許下這麼愚蠢的願望，也只能說是個糊塗蟲了！」

說實話，這串豬血香腸掛在她鼻子上讓她變得奇醜無比。

樵夫聽她這麼說，不禁又生起氣來，
心裡暗想恨不得自己是個鰥夫。
他很可能是氣得口不擇言，竟然又接著說：
「人生來就是為了受苦受難！
該死的豬血香腸！
但願你這個自以為了不起的蠢女人
鼻子上掛著豬血香腸！」

他許的願立刻就實現了，
丈夫才一說完話，
在他怒容滿面的妻子的鼻子上就掛著一節豬血香腸，
這意想不到的奇事讓他大為生氣。
芳頌長得其實滿標緻，她向來舉止優雅，
而說實話，這串豬血香腸掛在她鼻子上

讓她變得奇醜無比。
要是豬血香腸掛在她臉的下半部，
倒是可以阻止她口出惡言；
對做丈夫的來說，這還不無好處。
他心想，在這令人歡喜的時刻，
就別再許什麼願望了！

他心裡想：「我生活這麼窮困，
我實在是可以利用最後這個願望，
讓自己當上國王。
說真的，什麼也比不上國王威嚴；
但是轉念一想，
那這樣我的王后該如何是好，
她鼻子上掛著一串豬血香腸

坐在寶座上是會處在怎樣痛苦的境地。
我得聽聽她的意見，
她是要當個王后，
但鼻子上掛著這可怕的玩意，
或者是要當樵夫的太太，
讓鼻子恢復從前正常人的樣子。」

她反覆地思量，
想到了若要加冕當個王后，
必須有個好好的鼻子；
但她想取悅人的慾望勝過了一切，
她寧願保有自己原有的鼻子，
當個漂亮的樵夫太太，而不願當個醜王后。

如此一來，樵夫的景況一無改變，
他既沒當成國王，
也沒讓自己擁有金銀財寶；
他很高興地許下了他最後的願望，
讓他妻子恢復原樣，
而他依然沒有幸福、沒有財富。

人的確是既盲目又不謹慎，
既焦慮又愚蠢，
無法好好把握上天賜下的願望，
很少人能夠好好運用上天的厚賞。

散文詩

驢皮記

PEAU D'ASNE

從前的從前有個國王，
他是世上最偉大的君王，
他雖愛好和平，但打起仗來所向披靡，
在世人中無與倫比
鄰國都畏懼他，所以他四境安寧，
在他國境內到處都可見
美德和藝術盛放。

國王的宮殿又寬敞又富麗，
一切都顯得華麗高雅；
大臣們個個能幹、隨從們個個聽命；
在國王的馬廄裡
有各式各樣大大小小的駿馬，
駿馬身上都匹著華麗的馬衣，

滿布金箔和刺繡；
但是讓所有的人訝異的是，
在這些駿馬中竟然養著一匹長耳朵的公驢子。
這事雖然讓人不解，
但是只要明白這頭驢子的長處
就不會覺得這事有什麼奇怪。
原來大自然賦予牠非凡的本領，
牠從不拉糞便，
而是排出美麗的硬幣，
以及各樣的路易金幣，
每天早上都有人會將這些金銀錢幣
從廄房裡收集起來。
然而有時候上天也會不願再帶給人幸福，

讓人在好日子裡夾帶著不幸，
就像在晴天裡也會下雨一樣；
一向健康的王后突然身染重病，
國王到處聘用名醫，
尋求各種方法，
甚至聘用江湖郎中，
卻仍然找不到治療方法，
沒人阻止得了
她一直往上飆升的發燒熱度。

王后在彌留的時刻
對國王她的夫君說：
「在我死前，我想求你一件事，
就是在我故去以後，

如果你想再娶……」

國王打斷她的話，說：
「你是白白擔心了，
我這輩子是不會再婚的，
你別為此操心了。」
王后說：「見你如此心誠，
我相信你說的話；
但為了讓我安心，
我還是要你對我發誓。」
國王於是雙眼含著淚水地向她起誓，
他答應她所有的請求。
王后這時便死在國王懷中。
國王無比的哀痛。

但他的哀痛很短暫，
在幾個月之後，他就想要再娶；
他選擇了一位簡樸的牧羊女；
國王一聲令下，這位牧羊女被迫離開了她媽媽，
還強行將她帶到宮中，
牧羊女日夜啼哭。
她心中萬分悲傷，
便去見她的教母，
她的教母住在遠方的一處洞穴裡，
這洞穴裝飾了滿滿的珠貝和珊瑚。
她的教母是位好仙女，
她的法術極為高明。
我想我不需要向你描述
在這古時候的仙女是什麼樣子，

國王強行將她帶到宮中。

因為我相信你媽媽
　從小就跟你說過仙女的故事。
仙女看見牧羊女，對她說：「我知道
你為什麼會來這裡；
我知道你的遭逢真是不幸，
不過有我在，你就不用愁。
你只要照著我的建議行事，
無論什麼事都傷不了你。
的確，你的國王想要娶你為妻：
聽從他這個瘋狂的請求
無疑是個大錯誤。
不過，你不需要駁斥他，就能拒絕他的請求。
你只要告訴他，在滿足他娶你的願望之前，

要他先滿足你的慾望。
就說你要一件天空顏色的禮服。
儘管他有權有勢又有錢，
儘管老天爺有意助他達成心願，
他也永遠無法滿足你這個願望。」

這位牧羊女立刻就發著抖地
對尊貴的國王說她要一件天空顏色的禮服。
國王這時便命令城裡的各大裁縫師，
如果他們不能很快地裁製一件天空顏色的禮服，
他就要將他們全都施以絞刑。

第二天天還沒亮，
裁縫就送來了牧羊女所期望的禮服，

禮服是蒼穹美麗的天藍色，
就算天空鑲著金色的雲霞
都比不上這件禮服湛藍。
牧羊女又高興又痛苦，
不知道該怎麼說、該怎麼做
才能不與國王成親。
教母又低聲對她說：
「孩子，再向國王要求一件有月亮顏色的禮服，
這次他就給不了你了。」

牧羊女一向國王請求裁製一件有月亮顏色的禮服，
國王立刻命令裁縫師，說：
「裁製一件連月亮都失色的禮服，
四天之內就要無誤地交給牧羊女。」

一件有月亮顏色的禮服。

四天一到，華麗的禮服就做好了，
一如國王所要求的。
在夜幕低垂的夜空下，
月亮都比不上這件銀白色的禮服華麗，
即使在月亮最明亮的時候，
這禮服都會讓星星黯然失色。
對這件華麗禮服讚嘆不已的牧羊女
幾乎要同意了國王的求親；
但是她在聽取了她教母的叮囑以後，
又對對她糾纏不休的國王說：
「如果我能再有一件
如太陽般絢爛的禮服，

我就再高興不過了。」

國王在召集大臣以後，
立刻請來了一位玉石工匠，
他向他訂製了
一件綴滿金子和鑽石的禮服，
並說要是他做的禮服不能讓他滿意，
他會折磨他致死。
不過國王倒不至於做到這一步，
因為手巧的玉石工匠
在一週的期限到期之前
便帶來了一件貴重的禮服，
這禮服既華麗又絢爛，
比起阿波羅在天頂上

乘坐的金色馬車
還來得更輝煌燦爛。

國王餽贈她這些禮服，讓牧羊女心中沒了主意，
她再也不知該怎麼回應國王。
她的教母執起她的手，在她耳邊說：
「你不該半途而廢，
你所收到的這些禮服
難道真的是這麼稀奇的寶貝嗎？
他還有你知道的那隻
會不停排出金幣的驢子裝滿他的錢囊！
你問他要這隻希罕動物的皮囊，
因為這是他錢財的來源。
他是絕對不會給你的，

要不然就是我的推論有誤。」

這位仙女果然聰穎過人，
但是她卻沒料到
國王的熱情無與倫比，
他為娶美人不計要花多少代價，
他立刻就答應了給牧羊女驢子的皮囊。

在這付皮囊送到牧羊女眼前時，
她簡直是嚇壞了。
她忍不住抱怨起自己的命運來，
她的教母在這時出現了，並對她表示，
只要事情做得對，就不要害怕；
並要她讓國王以為

她已經準備好要嫁給他，
她已經準備好承擔婚姻；
但在此同時，她要喬裝改扮，
獨自一人逃逸到遠方，
以避免這惡緣近她的身。

教母接著說：「這裡有個大袋子，
你把你那三件美麗的禮服都放進去，
並把你的鏡子、你的化妝品
你的鑽石和紅寶石都放進去；
而且我把我的仙女棒也給你，
你只要拿著仙女棒，
這袋子就會藏在地底下，
跟著你移動；

如果你想要打開袋子，
你只要以仙女棒觸地，
它就會展現在你眼前。

為了讓別人認不出你來，
驢子的皮囊是很好的偽裝；
你就披著這皮囊，躲在其下，
這樣別人就不會想到在這麼醜陋的皮囊底下，
藏著一個美人。」

牧羊女就此變了裝，
趁著清晨涼爽的時光，
從聰慧的仙女家離開。
正準備著婚禮而開心不已的國王，

卻在這時候聽說了牧羊女逃逸的消息。
大家到處找著牧羊女，
但屋舍、大路、小路都找不到她的蹤跡。
大家雖然盡了力，
卻還是找不到她的行蹤。

到處都充滿悲傷與抑鬱；
既沒有了婚禮，也沒有了宴席，
既沒有了水果派，也沒有糖衣杏仁；
宮廷裡的貴婦全都覺得很沮喪，
她們大部分人甚至不進晚餐；
不過最悲傷的莫過於神父，
因為他很晚才吃午餐，
更糟糕的是沒人給他奉獻。

牧羊女在路上繼續前進，
她臉上塗滿了髒髒的煤灰；
她試著請路上的行人幫她的忙，
她希望能夠找到工作；
但是路人看她如此鬱鬱寡歡、看她如此骯髒，
都不願意聽她說話，更不願意讓她進自己的家門，
她只好越走越遠、越走越遠。
最後她來到了一座農場，
農場裡的農婦需要一名幹粗活的女僕，
女僕的工作就是會打掃內務，
並且要會清理餵豬的食槽。
農婦將她安置在廚房的一個角落，

其他的僕人就像是臭蟲，
都會來糾擾她、
駁斥她、嘲笑她。
他們總是想盡辦法和她作對，
動不動就騷擾她；
他們的俏皮話、嘲諷的話都是針對她。

她只有在星期天下午才得清閒，
因為她在早上打理好了一切；
她回到自己房間，把自己關起來，
她洗乾淨臉上的髒污，然後打開她的袋子，
謹慎地取出她的化妝箱，
把一瓶一瓶的膏粉放在上面。
人站在大鏡子前，既高興又滿足，

她有時會穿起那件有月亮顏色的禮服，
有時穿起那件如太陽般輝煌的禮服，
有時穿起有穹蒼也比不上它湛藍的
天空顏色的禮服；
她唯一的遺憾是在她小小的斗室裡
禮服長長拖曳著的尾巴無法盡情展現，
她喜歡看見年輕、光彩、白晰的自己，
這讓她增添無比勇氣，
換上禮服這小小的樂事支撐著她，
讓她有勇氣能夠支撐到下個星期天。

我在前面忘了提到
在這個大農場上，
有個有權有勢的國王

在這裡蓋了一座動物園；
裡面有珠雞、
秧雞、鷓鴣、
麝香雞、白頸鴇
還有成千上百種奇怪的禽鳥，
幾乎每一種都不一樣，
這些禽鳥紛紛佔滿了十個大院子。
國王的兒子常在打獵之後，
和宮廷裡的爵爺，
來到這個農場休息、
喝冰涼的飲料。

有一天，年輕的王子
從一個家禽飼養場逛到另一個家禽飼養場，

他走到了一條陰暗的小徑，
牧羊女簡陋的小屋就在這小徑裡。
王子在不意間從鑰匙孔裡窺看。
因為這天是星期日，
牧羊女戴起了華麗的裝飾，
並穿上她絢爛的禮服。
禮服上的金子和鑽石閃閃發亮
比白日的陽光還要耀眼。

他打聽住在小徑中
簡陋、陰暗的小屋裡的
這位絕世美女是誰。
有人告訴他，那並非是個美女，
而是一位大家都稱她為「驢皮」的女人，

因為她脖子上都披著一張驢皮，
她是不可能讓人對她動心的，
因為她身上披的驢皮之醜
是僅次於狼的醜陋。
雖然大家這麼說，王子還是不相信；
他實在忘不了他親眼所見的，
那影像深深刻在他心坎裡。

然而王子的母后，
她只有他一個兒子，她見他受痛苦，
自己也忍不住哭了起來、為之絕望起來，
她要他說明緣由；
王子只是嘆息、哭泣、呻吟；
他只說他希望

驢皮能親手為他做個蛋糕；
王后不明白為什麼王子有這樣的請求。
這時有人對王后說：「天啊，夫人，
這個驢皮是個又髒又黑的姑娘，
她比廚房裡的小學徒還要髒。」
王后說：「這不要緊，我總要滿足王子的慾望，
我們只要想著怎麼辦好這件事。」
王后太愛王子了，即使是他說要吃金子，
她也會想辦法滿足他的願望。

於是驢皮拿起麵粉做蛋糕，
她仔仔細細的將麵粉過篩，
好讓麵粉更為細緻，
再加上鹽巴、奶油，和新鮮雞蛋；

她為了好好做這個蛋糕，
把自己封閉在她的小房間裡。
她先是洗乾淨自己的手、
自己的雙臂和臉龐。
並穿上帶有月亮顏色的銀色禮服，
以便高高尚尚地做蛋糕；
她立刻就投入了工作。

她因為做蛋糕做得太急切，
不意間從她指端掉下了
一只很有價值的戒指；
不過對已經知道這個故事結局的人來說，
她是故意把戒指放進蛋糕裡的；
不過對我來說，我可不敢這麼相信。

從來沒有人做過這麼美味可口的蛋糕，
王子吃得津津有味，
囫圇地吞嚥，
他差一點連戒指都吃進口裡。
他發現了這枚迷人的戒指，
一枚小小的金戒指，
從金戒指的形狀看得出來戴它的人手指頭纖細，
王子樂不可支，
一時把它藏在他的床頭櫃底下。

不過國王希望王子趕快成婚，
王子卻遲遲不表態，
然後他說：「我也很希望能結婚，

但願我娶的人是能套進這枚戒指的人。」
國王和王后非常詫異王子這個奇怪的要求，
但為了滿足王子的心願，沒人敢對他說不。
於是大家紛紛尋找
能戴下這枚戒指的姑娘，不管是世家或平民都可來試戴，
戴得下這枚戒指的姑娘即可躋身皇家。
每個姑娘紛紛準備好
呈上自己的手指頭，
誰也不願意錯失了這個權利。

這風聲傳遍了四處，說有意嫁給王子的女子
必須有纖細的手指頭，
一些江湖術士表示他有讓手指頭變纖細的秘訣；
其中有個女孩根據他奇怪的秘方，

讓自己的手像蘿蔔一樣削，
另一個女孩切除了一小塊肉，
另有一個女孩用力壓擠它，以為這樣它就變細了，
還有一個女孩把手泡在水裡，撥掉皮，以為這樣就不會那麼粗了。
她們想盡了各種辦法，
就為了想把手指頭套進戒指裡。

試戴戒指的活動就從王家的年輕公主們開始；
但是她們的手指頭雖然纖細，
卻還是太粗大，套不進戒指裡。
王室的貴婦們也一一前來試戴，
一個一個伸出手來，
但一個一個都白費心思。

接著來試戴的人是
侍女、廚娘、看管火雞的女僕，
總之，就是所有微不足道的人，
她們的手雖然紅紅黑黑，
但她們和有纖細的手的貴婦一樣
都希望能得到命運之神的垂青。
就此來了千百個女孩，
但她們的手指頭都很粗、很大。

她們的手要戴上王子的戒指
就如同一條粗大繩索要穿過縫衣針一樣難。

大家以為這下子是找不到適合戴這只戒指的人。
因為，的確，現在只剩

在廚房裡的驢皮還沒有試戴。
但是有人說這樣的命運
怎麼可能落在這樣一個女孩身上呢！
王子說：「為什麼不讓她試戴呢？
讓人去請她過來吧！」每個人聽這話都忍不住笑起來，
大聲地說：「那就讓這個骯髒姑娘進來吧！」
但是等她掀開披在她身上黑色的驢皮時，
露出了像象牙般的一隻小手，
手指頭還略略泛紅。
那只戒指不鬆不緊地套在她手指頭，
整個皇室都驚動了起來，
不明白怎麼會是這樣。

人們激切地將她帶到國王面前，

但是她請求在被帶到國王面前之前，
能讓她有時間換上另外一件衣裳。
她說要換件衣裳的話，
不禁讓所有的人笑起來；
但是當她來到宮廷裡，
走過一間一間的廳堂時，
她一身華麗的禮服
是宮廷裡的所有貴婦不能比擬的；
宮廷裡的貴婦和她比起來，立刻失了顏色。

在眾人齊聚的歡騰和喧囂中，
國王不敢相信他的未來媳婦擁有
這麼華麗貴重的禮服；
王后則非常震驚。

至於他們的孩子，王子他
則是滿心喜悅，
喜不自勝。
每個人很快地想到婚禮該做什麼準備；
國王請來了鄰近國家的君王，
這些君王們都盛裝打扮，
離開了他們的國家來參加此一婚宴。
他們從東方而來，
乘坐在高高的大象上；
他們從摩爾人的地界而來。
這些人臉色黑黧，而且醜陋
嚇壞了此地的小孩；
從世界各個角落來了許許多多的君王，
他們都到了國王的王宮來。

從前想娶牧羊女為妻的那位國王在這時候也來了，
沒有任何君王比得上他英姿煥發。

在這個時候，教母出現了，
她把事情的來龍去脈一一做說明。
她話說完以後，
驢皮便榮耀加身。

我們很容易看出這個故事的
寓意是，要孩子學習
寧可遭受坎坷的命運，
也不要不做自己該做的事。

有德行雖然可能遭遇不幸
但最後它總會受到褒揚。

驢皮的故事雖然很難讓人信服，
不過只要這世界上有小孩，
有媽媽和祖母
就會把這故事記在心裡。

法國經典童話故事
鵝媽媽故事集，開啟兒童文學先河作品
Les Contes de ma mère l'Oye

作　　者　夏爾·佩羅（Charles Perrault）
繪　　者　亞瑟·拉克姆（Arthur Rackham）、威廉·希斯·羅賓遜（William Heath Robinson）、哈利·克拉克（Harry Clarke）
翻　　譯　邱瑞鑾
封面設計　郭彥宏
內頁排版　高巧怡
行銷企劃　蕭浩仰、江紫涓
行銷統籌　駱漢琦
業務發行　邱紹溢
營運顧問　郭其彬
責任編輯　劉文琪
總 編 輯　李亞南
出　　版　漫遊者文化事業股份有限公司
地　　址　台北市103大同區重慶北路二段88號2樓之6
電　　話　(02) 2715-2022
傳　　真　(02) 2715-2021
服務信箱　service@azothbooks.com
網路書店　www.azothbooks.com
臉　　書　www.facebook.com/azothbooks.read
營運統籌　大雁文化事業股份有限公司
地　　址　新北市231新店區北新路三段207-3號5樓
電　　話　(02) 8913-1005
傳　　真　(02) 8913-1056
劃撥帳號　50022001
戶　　名　漫遊者文化事業股份有限公司
初版一刷　2022年12月
初版二刷(1)　2023年12月
定　　價　台幣350元

ISBN　978-986-489-737-7

國家圖書館出版品預行編目 (CIP) 資料

法國經典童話故事 : 鵝媽媽故事集, 開啟兒童文學先河作品/ 夏爾. 佩羅(Charles Perrault) 著 ; 邱瑞鑾譯. -- 初版. -- 臺北市 : 漫遊者文化事業股份有限公司出版 : 大雁文化事業股份有限公司發行, 2022.12
面； 公分
譯自 : Les contes de ma mère l'Oye
ISBN 978-986-489-737-7(平裝)
876.596　　　　111019619

〈**小拇指**〉小拇指走近食人妖魔，輕輕脫下了他腳上的七里靴。

〈睡美人〉老農夫告訴王子關於睡美人的傳說。

〈睡美人〉即使陷入昏迷她臉上並沒有失去鮮嫩的顏色。

〈小紅帽〉大野狼問小紅帽要上哪去。

〈小紅帽〉她看見祖母穿著睡衣的模樣，大吃了一驚。

〈穿長靴的貓〉長靴貓來到一座美麗的城堡，請求和食人妖魔對話。

〈**灰姑娘**〉姊姊出門去了，灰姑娘只能久久看著她們離去的背影。

〈藍鬍子〉她拿出那把小鑰匙，發著抖打開私人書房的門。